KB055677

로크미디어가
유혹하는
재미있는 세상
ROK MEDIA
로크미디어

폐황제가 되었다

폐황제가 되었다 4

2021년 4월 5일 초판 1쇄 인쇄
2021년 4월 8일 초판 1쇄 발행

지은이 송제연
발행인 이종주

총괄 김정수
경영지원 배진경 임혜솔 송지유

기획 팀 이기헌 왕소현 박경무 강민구
책임 편집 오영란

발행처 (주)로크미디어
출판등록 2003년 3월 24일
주소 서울시 마포구 성암로 330 DMC첨단산업센터 3층 318호, 319호
Tel (02)3273-5135 **편집** 070-7863-8596 **Fax** (02)3273-5134
홈페이지 rokmedia.com **E-mail** rokmedia@empas.com

값 8,000원

ISBN 979-11-354-9653-0 (4권)
ISBN 979-11-354-9533-5 04810 (세트)

폐황제가 되었다

송제연 판타지 장편소설

Contents

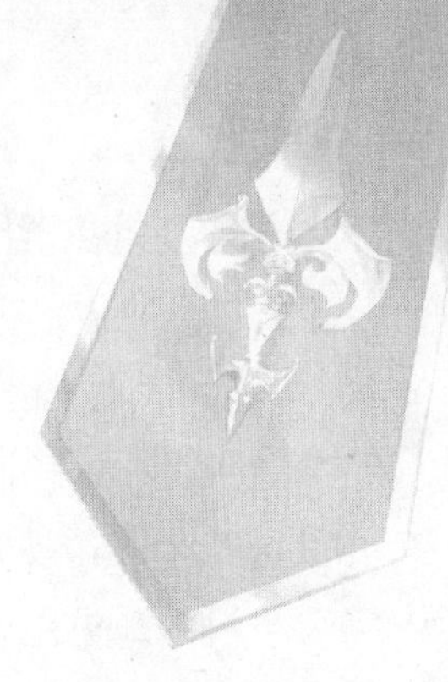

채석장과 마을

네미르는 위기의 순간마다 자신을 구해 주었던 상중단 공격이 노인의 뒷걸음질 한 번에 무너지는 것을 보고 이를 갈았다.

"씨팔!"

네미르는 상대가 보통 노인네가 아니라는 것을 깨달았다.

'진짜 기사야.'

네미르의 무력은 꽤나 높은 편에 속했기에 안목이라는 것을 가지고 있었다.

이대로 있다가는 꼼짝없이 당하고 만다.

네미르는 마른침을 삼키며 눈을 굴렸다.

"눈 돌아가는 소리가 여기까지 들려. 그만 포기하는 것이 좋을 것이야. 얌전히 항복한다면 고통 없이 보내 주겠네. 어떤가?"

네미르는 거칠게 소리쳤다.

"미친 늙은이야! 살려 주겠다는 것도 아니고 죽이겠다고 하면 누가 항복하겠냐. 나이를 처먹으려면 곱게 처먹지."

이에 노인은 노여움을 터트리는 게 아니라 시원스럽게 웃음을 터트렸다.

"하하하, 입이 거칠군. 하긴 이만한 산적단을 이끌려면 그 정도 패기는 있어야지."

네미르는 뜨거운 콧김을 내뱉으며 다시 한번 공격을 시도했다.

"이얍!"

기합 소리와 함께 쌍도끼를 들고 달려드는 것이 마치 성난 황소를 연상시켰다.

노인은 성난 황소의 공격을 흘려보내고 반격을 시도할 생각이었지만 그럴 기회가 주어지지 않았다.

네미르의 공격은 시늉일 뿐이었다.

목표는 노인이 아니라 출입문이었다.

네미르는 성난 황소처럼 몸을 날려 문을 부숴 버렸다.

'됐다!'

그러나 노인을 뿌리치고 나왔다는 기쁨은 그리 오래가지 못했다.

자신만의 비밀 통로를 향해 발을 내딛는 순간, 철갑옷과 창으로 무장한 병사들이 시야에 들어왔다.

'이것들은 또 뭐야?'

네미르는 이를 갈았다.

무장한 병사들은 일정한 간격을 유지한 채 굳건히 자리를 지키고 있었다.

네미르는 발을 더듬어 가면서 사방을 살펴보았다.

병사들이 없는 곳이 없었다.

숙소는 완전히 포위된 상태였다.

뚫려 있는 곳이라고는 하늘뿐이었다.

"힘이 좋군. 두꺼운 문을 박살 낼 거라고는 상상도 못 했는데 말이야."

부서진 문을 헤치고 노인이 걸어 나왔다.

네미르는 자신이 절망적인 상황에 놓여 있다는 걸 알고 있음에도 쉬이 포기하지 않았다.

'애들이 나올 거야.'

부하들이 나서 줄 것이라는 기대감 때문이었다.

네미르가 가장 무서워하는 것은 시야가 트인 넓은 공간에서 정규군과 전투가 벌어지는 것이었다.

정규군이 산채 안으로 들어온다면 이야기가 달라진다.

승리를 장담하는 것은 아니다.

무자비하게 당하느냐 아니면 반항이라도 해 보느냐의 차

이였다.

산채의 부지는 넓지만 산비탈과 연결된 평평한 공간들을 합쳐 만들어진 탓에 활동할 공간이 그리 넓진 않았다.

좁은 곳, 거기에 익숙하지 않은 지형, 빼곡한 건물들을 활용한다면 적과 대결을 펼칠 수 있었다.

부하들이 적들과 전투에 들어간다면 혼란이 일어날 것이고 촘촘한 포위망에도 빈틈이 생길 수 있었다.

힘들긴 하겠지만 어떻게든 시간을 벌어야 했다.

네미르는 노인을 향해 물었다.

"노인장, 이름이 뭐요?"

"알베스라고 한다네."

"노인장, 아까 고통 없이 죽여 준다고 했는데, 꼭 죽일 필요는 없지 않소? 살아남을 수 있는 방법을 알려 주시오."

"자네의 생각이 무엇인지 알 것 같군. 시간을 벌어 보자는 것 같은데, 쓸데없는 짓이야."

"내가 용병으로 제법 살아왔소. 기사들과 비교할 실력은 아니지만 보는 눈이 있단 말이오. 이렇게 포위된 마당에 무슨 수를 쓴다는 거요. 곱게 잡혀 줄 테니까 살 방법을 알려 주시오."

"자네에 대한 처분은 이미 폐하께서 결정하셨네. 되돌릴 수 없지."

"미친 소리 그만하시오. 황제가 미쳤다고 이런 산골 산적들에게 관심을 가질 것 같소? 말이 되는 소리를 해야지. 솔직하게 말해 보시오. 원하는 게 도대체 뭐요?”

알베스가 고개를 흔들었다.

“하긴 믿기 어려운 일이긴 하지. 자네의 무엄한 언사는 벌을 받아 마땅하나, 어차피 처형당해야 하니 더 이상 언급하지 않겠네.”

네미르는 알베스를 무시하고 병사들의 얼굴을 살폈다.

흔들림이 없었다.

황제가 언급되었음에도 병사들은 담담히 받아들이고 있었다.

‘정말 황제의 명령을 받고 왔단 말이야?’

병사들 사이에서 유독 사나운 기세를 내뿜는 청년 하나가 소리쳤다.

“단장님, 제가 저놈을 제압할 테니 근위 기사에서 제발 빼주시면 안 될까요?”

“이미 낙점되었어. 폐하께서도 자네에 대해 알고 계시지. 일을 마무리 짓고 복귀하면 자네는 곧바로 근위 기사로 임명받을 거야.”

네미르의 머리에서 천둥이 울렸다.

다른 말은 들리지 않았다.

근위 기사, 근위 기사.

정말 근위 기사라면 자신은 꼼짝없이 죽는 것이 맞다.

아무리 제국이 혼란스럽더라도 근위 기사는 기사 중의 기사였다.

진짜배기 기사들도 어찌할 수 없는 기사가 바로 근위 기사였다.

'이렇게 되면…….'

네미르의 불안은 현실이 되어 갔다.

우렁찬 함성이 산채를 뒤덮었다.

"머리에 회색 두건을 쓴 자들은 아군이다. 회색 두건이 없는 자들만 공격하라."

"폭포산 마을에서 네놈들이 저지른 짓을 잊지 않았어!"

"어머니의 복수다. 이건 우리 아버지, 이건 옆집 아저씨 거야, 이 빌어먹을 자식들아."

"항복해라. 무기를 버리고 항복하면 목숨을 건질 수 있다."

"도망가 봐야 소용없다. 너희들은 이미 포위되었다."

포위망을 구축한 병사들 뒤로 들려오는 고함에 네미르의 얼굴이 사색이 됐다.

산채 곳곳에서 비명과 함께 뭔가 부서지는 소리가 울려 퍼졌다.

새벽녘이라서 그런지 몰라도 귓가에 선명하게 들려왔다.

도망갈 길이 보이질 않았다.

네미르는 어떻게든 틈을 찾아보고자 했다.

"이미 끝났어. 비밀 통로로 도망갈 생각이겠지만 거기도 이미 병력이 배치되어 있지. 치밀하게 비밀 통로를 3개나 만들어 놓았더군. 마지막 하나도 어렵긴 했지만 결국 찾아냈네."

네미르는 충격에 휩싸였다.

세 번째 비밀 통로가 있다는 것은 자신만 알고 있는 비밀이었는데.

"보이지는 않겠지만 산채에서 무슨 일이 일어나고 있는지 알 수 있을 것이네. 산적단은 이제 끝이야."

"젠장, 이렇게 끝난다고……?"

네미르는 억울함과 동시에 의문에 휩싸였다.

도대체 어디서부터 일이 잘못된 것일까?

네미르의 궁금증은 금세 풀렸다.

로만이 병사들 사이를 헤쳐 나와 알베스에게 공손히 말했다.

"정리가 끝났습니다. 몇몇 자들이 도망치긴 했지만 밖에서 대기 중인 병사들에게 제압당할 것입니다."

"너, 너였구나!"

로만이 네미르에게 말했다.

"저 혼자 살겠다고 수 쓰는 놈을 위해 의리를 지킬 필요가 없지."

"씨팔, 이 개새끼야!"

네미르는 자신의 계획을 망쳐 버린 로만의 머리를 쌍도끼로 쪼개 버리고 싶었지만 불가능한 일이었다.

'밤에 움직일걸.'

후회는 언제나 늦는 법이다.

잠자리가 달라진 탓인지는 모르겠지만 익스는 목과 어깨에 통증을 느끼며 잠에서 깼다.

무거운 눈꺼풀을 들어 올린 익스의 동작이 멈췄다.

—쌍도끼 산적단 토벌이 완료되었습니다.

—폭포산 인근에 있는 쌍도끼 산적단의 산채를 점령하고 산적단 대장 네미르를 처형하였습니다.

—C포인트 1,000 획득.

"화끈하게 질러 주네."

익스는 C포인트를 대량으로 확보했다는 사실에 크게 만족하면서 다음 보상을 기다렸다.

늘 퀘스트가 완료되면 포인트와 함께 추가적인 보상이 주어졌기에 이번에도 같을 것이라 여긴 것이다.

"다음은 뭐냐?"

보통 기대는 실망으로 이어지기 마련이지만 다행스럽게 시스템이 메시지를 보내 주었다.

–채석장(⇧)이 재가동됩니다.

–마을(⇧)이 재건됩니다.

익스는 미간을 좁히며 어금니를 깨물었다.

시간이 흘렀음에도 메시지는 더 이상 이어지지 않았다.

'이 애매한 보상은 뭐야?'

채석장이라면 익스도 익히 알고 있었다.

산적 토벌에 나선 이유 중 하나가 채석장을 확보하기 위함이었으니까.

산적의 위협이 없다면 닫혔던 채석장은 다시 열면 그만이다.

채석장 재가동을 보상으로 준다는 것은 생색내기에 불과하지 않은가.

"C포인트를 세게 질렀다고 형평성 같은 것을 맞추는 건가?"

익스는 고개를 흔들었다.

"아니야. 그랬다면 아예 메시지가 나오지도 않았겠지."

채석장과 마을 뒤에 붙어 있는 위로 향한 화살표는 무엇을 뜻하는 것일까?

다른 점은 이것뿐만이 아니다.

상급 요새의 경우는 획득이라는 표현이 들어갔지만 채석장과 마을은 재가동과 재건이라 표현되어 있었다.

"날 골탕 먹이려고 이런 식으로 하는 것은 아닐……."

익스는 말을 잇지 못했다.
시스템이 새로운 메시지를 띄웠기 때문이다.

—군주 지원 시스템에서 알려 드립니다. 퀘스트 보상으로 주어진 채석장 재가동과 마을 재건이 이루어질 예정입니다. 수락하시겠습니까?

"설치가 아니란 말이지."
익스는 이제야 만족스러운 미소를 지었다.
잠깐의 지체가 있긴 했지만 하늘 길 요새를 수령할 때와 비슷한 점이 있었다.
익스가 수락을 선택하자 하늘 길 요새 때와 같은 현상이 벌어졌다.
시간이 멈춘 것이다.
한 번 겪어 보았기에 당황하지 않고 담담히 받아들였다.

—채석장 재가동이 완료되었습니다.
—하급 채석장인 하늘산맥 채석장이 정상 가동됩니다.
—하늘산맥 채석장을 업그레이드할 수 있습니다. 업그레이드를 실시하시겠습니까?

"그게 업그레이드를 할 수 있다는 뜻이었구나."
익스는 채석장과 마을 뒤에 붙어 있는 화살표가 업그레이드를 의미한다는 걸 깨달았다.

업그레이드를 할 수 있다면 당연히 해야 할 일이다.

–하늘산맥 채석장을 업그레이드하기 위해서는 C포인트 100이 필요합니다.

"에이~! 이건 아니지."

상점을 이용하기 위해서 반드시 필요한 C포인트를 이런 식으로 갈취해 가려 하다니.

C포인트가 아깝단 생각이 들긴 했지만 업그레이드 기회가 언제 또다시 나타날지 모른다.

시스템이 하는 꼬락서니로 보아 업그레이드 기회가 자주 올 것 같진 않았다. 온갖 제약이 있거나 피 같은 C포인트를 잔뜩 요구할 것이 분명했다.

"더러운 놈들."

익스는 시스템을 힐난하며 업그레이드를 실시했다.

–하늘산맥 채석장이 중급 채석장으로 업그레이드되었습니다.

–생산량 50% 상승.

–유지비 10% 감소.

–부상도 50% 감소.

C포인트를 100이나 빼앗겼지만 업그레이드 결과가 그리 나쁘지는 않은 것 같았다.

익스가 채석장 업그레이드에 만족하고 있을 때, 시스템은 마을 재건에 들어갔다.

–마을 재건이 완료되었습니다.

–하급 마을인 돌가루 마을이 정상 가동됩니다.

–돌가루 마을을 업그레이드할 수 있습니다. 업그레이드를 실시하시겠습니까?

업그레이드가 나쁘지 않다는 것을 경험했기에 익스는 망설이지 않았다.

–돌가루 마을이 중급 마을로 업그레이드되었습니다.

–개발도 50% 증가.

–위생력 20% 증가.

–인구 2천 명 증가.

사람이 부족한 코렌스에 인구 2천 명 증가는 반가운 소식이 아닐 수 없었다.

귀한 C포인트를 사용한 보람이 느껴졌다.

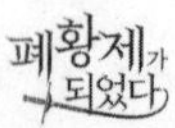

—군주 지원 시스템에서 알려 드립니다. 하늘산맥 채석장과 돌가루 마을이 가동됨에 따라 새로운 이야기를 등록합니다.

"이번엔 어떻게 달라지려나?"

하늘 길 요새가 생성됨에 따라 새로운 역사가 만들어졌다.

그것 때문에 고생한 것을 생각하면 아직도 짜증이 치민다.

사람들 기억을 조작할 것이라면 다 해 줄 것이지, 왜 자신만 빼놓느냔 말이다.

"기대를 말아야지."

오늘 하루는 하늘산맥 채석장과 돌가루 마을에 대한 정보를 얻는 데 사용해야 할 것 같았다.

—새로운 이야기 등록이 완료되었습니다.

—하늘산맥 채석장과 돌가루 마을 가동으로 일시 정지된 시간이 정상화될 예정입니다.

—정상화 예정 시간은 30초 후입니다.

멈췄던 시간이 다시 정상으로 돌아왔다.

채석장과 돌가루 마을 현황

익스는 숙제를 해결하고자 빵과 다양한 야채가 들어간 스튜로 아침 식사를 마무리하고서 저택 후원에 자리를 잡았다.

숙제란, 채석장과 돌가루 마을이 어떠한 식으로 업그레이드되었는지를 알아내는 것이었다.

'썩을 놈, 그냥 좀 알려 주면 얼마나 좋아.'

익스는 시스템을 향해 이를 갈았다.

매번 이런 식이라면 골치 아프다.

진행 중인 퀘스트가 4개나 남아 있는 것을 감안한다면 이런 수고를 네 차례나 더 반복해야 했다.

언제나 그렇지만 숙제란 귀찮은 존재였다.

그래서일까?

잘 꾸며 놓은 후원을 감상하며 고소한 차를 마시고 있음에도 기분이 썩 좋지 않았다.

익스의 시선이 유리 찻잔에 닿았다.

김이 모락모락 피어오르고 있음에도 유리잔은 깨지지 않았다.

내열유리까지 만들어 내는 노움의 기술력이 그저 놀라울 따름이었다.

'언제쯤 만들어지려나?'

익스가 떠올린 것은 도자기였다.

도자기는 노움과 만나기 전부터 진행 중에 있었다.

커다란 화덕에 벽돌을 구워 낼 정도라면 도자기는 얼마든지 만들어 낼 수 있을 것이라 보았다.

실제로 만들긴 했지만 익스가 접했던 도자기와는 거리가 멀어도 한참 멀었다.

익스는 크게 실망함과 동시에 자괴감에 빠져들어야 했다.

도자기를 만드는 방법에 대해 고민해 보았지만 알고 있는 것이라고는 재료가 고령토와 유약이라는 것이 전부였다.

이쪽 사람들에게 고령토와 유약을 이용해 도자기를 만들라 하면 뚝딱 만들어 낼까.

어림도 없는 소리였다.

고령토의 특징과 유약의 성분을 알려 주어야 그와 비슷한 것을 찾아내든 만들어 내든 할 것이다.

그렇다면 익스는 고령토의 특징과 유약의 성분을 알고 있을까?

"젠장! 난 왜 도자기 만드는 방법도 모르는 거야? 하다못해 인터넷으로 검색이라도 해 볼 수 있었던 거잖아."

이후 익스는 도자기 개발을 잠시 미루어 놓았다.

이종족과의 교류가 시작되면 그들의 도움을 받아 만들고자 했던 것이다.

그러나 물품 제작소에서 도자기 제작을 시도했던 벽돌 기술자들은 포기하지 않았다.

처음 만들어진 도자기 그릇의 단점을 하나씩 해결하기 위해서 팔을 걷어붙였다.

벽돌 기술자들의 첫 번째 목표는 튼튼한 도자기 만들기였다.

벽돌 기술자들은 밤낮을 잊고 연구에 몰두한 끝에 만족할 만한 성과를 얻어 냈다.

자신감을 얻은 벽돌 기술자들은 보완된 도자기 그릇을 시장에 내놓고서 반응을 살폈다.

이런저런 말이 있긴 했지만 결과적으로 보자면 대성공이었다.

백성들은 너도나도 도자기 그릇을 구입했다.

"이제 지긋지긋한 나무 그릇에서 벗어날 수 있겠어."

"지독한 냄새도 안녕이야."

"높은 곳에서 떨어뜨리면 깨지긴 하지만 비싸지 않으니까."

"이왕이면 숟가락도 만들어 줬으면 좋겠어. 나무 숟가락에서 얼마나 냄새가 나는데."

"물품 제작소에서 만들고 있지 않을까? 도자기 그릇도 만들었으면 숟가락도 만들겠지."

"얼른 만들어 줬으면 좋겠다."

"요즘 도자기 그릇째 스튜를 그냥 마셔 버린다니까. 예전엔 그냥 참고 먹었는데, 이젠 도저히 안 되겠어."

이러한 사실을 알게 된 익스는 도자기에 관한 것을 벽돌 기술자들에게 완전히 맡겨 버렸다.

열정적으로 일에 몰두하는 자들을 억지로 말릴 수는 없었다.

노움이라는 치트키를 가지고 있었지만 그것을 사용하기에는 벽돌 기술자들에게 미안했던 것이다.

'결국 노움이 끼어들긴 했지.'

코렌스로 건너온 노움들이 가장 먼저 찾는 곳이 물품 제작소였고, 그곳에서 만들어지는 모든 물건들이 관심의 대상이었다.

도자기가 그들의 눈에 띄지 않을 리가 있겠는가.

노움들은 도자기가 만들어지는 과정을 살피고서는 다양한 의견을 제시했다.

벽돌 기술자, 이젠 그릇 기술자라 불려야 할 자들은 노움의 의견을 적극적으로 받아들였고, 함께 연구에 들어갔다.

노움의 기술력과 그릇 기술자들의 열정 그리고 축적된 자료는 고스란히 성과로 나타났다.

익스는 특정한 시점을 집어낼 순 없지만 익숙한 형태의 도자기가 머지않아 모습을 드러낼 것이라 여겼다.

그리고 그렇게 만들어진 도자기의 생산량이 어느 정도 확보된다면 제국 전역에 판매할 생각이었다.

코렌스의 돈벌이라고는 바람막이산에 있는 유적지에서 얻은 보물들이 전부였다.

이것만으로도 충분한 돈벌이가 되겠지만 보물은 유한했다.

언젠가 바닥을 보일 것이고, 이를 대체할 지속적인 돈벌이가 필요했다.

익스가 앞으로 만들어질 도자기에 대한 기대감을 나타내고 있을 때 티나가 후원에 들어섰다.

"늦어서 죄송합니다."

"바쁘다는 걸 알고 있네. 갑자기 불러서 짐이 미안하지. 자리에 앉게."

현재 하늘 길 요새는 정신없이 바쁘게 돌아가고 있었다.

비전투 인원들을 모조리 그물 마을로 이동시키라는 황제의 명령이 떨어졌다.

단순하게 생각하자면 병사를 제외한 모두가 그물 마을로

이동하면 되는 것이지만, 일은 그리 간단치 않았다.

비전투 인원들이 전부 빠져나가면 음식은 누가 만들고, 빨래는 누가 하며, 무기와 방어구는 어떻게 고칠 수 있겠는가.

이것뿐만이 아니다.

황제가 머물고 있는 저택을 관리할 사람도 필요했다.

티나와 모락은 비전투 요원을 어디까지로 한정 지을 것인지를 두고 머리를 싸매고 있는 중이었다.

익스는 티나가 자리에 앉자마자 곧바로 물었다.

"이동 준비는 어떻게 되고 있지?"

"1차로 이동할 자들은 모두 준비된 상태입니다. 오후에 출발할 수 있을 것 같습니다."

"너무 급하게 움직일 필요는 없네. 당장 흑마법사들이 오는 것은 아니니까. 전에도 말했지만 어디까지나 높은 가능성이 존재하는 것 정도이니까. 그러니 너무 급하게 할 필요 없네."

"신중하게 선별하도록 하겠습니다."

"그리고 산적 토벌이 막바지에 다다랐어. 어쩌면 벌써 토벌이 끝났을지도 몰라."

산적 토벌이 마무리되면 병력에 여유가 생긴다.

"토벌이 끝나면 토벌에 참여한 병사들이 요새로 합류하는 것인가요?"

"부상이 없다면 그렇게 될 거야. 그렇게 된다면 병사들만으로 요새를 관리할 수 있겠지. 원활하진 않겠지만 말이야."

티나가 크게 안도했다.

토벌에 투입된 병력이 합류한다면 요새에 배치되는 병력이 1천에 이른다.

1천 명이라면 비전투 인원들이 전부 빠지더라도 황제의 말처럼 어떻게든 운영이 가능했다.

'이제 슬슬 물어봐야지.'

익스는 의도적으로 산적 토벌에 관한 이야기를 들먹거렸다.

자연스럽게 이야기를 진행시켜 나가기 위함이었다.

"산적 토벌이 마무리되면 채석장과 돌가루 마을이 재건될 거야."

익스는 티 나지 않게 티나의 눈치를 살폈다.

살며시 고개를 끄덕이는 것을 보아 채석장과 돌가루 마을에 대해 어느 정도 아는 눈치였다.

"자네의 생각을 듣고 싶군."

"생각이라고 하시면……."

"채석장과 마을을 관리해 줄 사람을 생각해 보라는 거지."

"소신이 어찌 감히……."

티나는 관리관으로 임명을 받아 일하고 있었지만 항시 주의했다.

제국에서 여자가 관료로 일을 한다는 것은 대단히 특별한 축에 속했기 때문이다.

가끔 신분 높은 여자들이 종종 작위를 받는 경우는 있었지만 그들은 대부분 황실과 연관된 자들이었다.

“이것저것 생각지 말고 의견을 말해 봐.”

티나는 작게 숨을 내뱉고 들이마시길 두 번 반복하고서 입을 열었다.

“돌가루 마을은 새 바위 마을과 비견될 정도로 큰 마을입니다.”

익스는 눈을 반짝였다.

시작부터 중요한 정보를 얻을 수 있었다.

“확실히 크지.”

“무엇보다 돌가루 마을은 채석장과 연결되어 있는 곳입니다. 마을 관리관이 채석장까지 관리해야만 하지요.”

익스는 속으로 ‘역시…….’라고 중얼거렸다.

마을 이름에 돌가루가 붙어 있어 채석장과 가까울 것이라 여겼다.

티나의 말을 들어 보니 예상은 적확히 들어맞았다.

“혼자서 두 가지 일을 해야 하는 것이군.”

“새 바위 마을에 거주하고 있는 백성들의 숫자가 9만에 도달했다는 소식을 들었습니다.”

새 바위 마을은 꾸준히 발전 중이었고, 인구 증가 측면에서 보자면 타의 추종을 불허했다.

나무노래성 아래 거주지에 머무는 백성이 현재 3만이었

고, 그물 마을 인원이 5만이다.

'여기까지는 같은데.'

지금까진 익스도 알고 있는 사실이었다.

티나는 말을 계속해서 이어 나갔다.

"새 바위 마을의 백성들 중에서 2만은 돌가루 마을에서 피신을 온 자들이고, 산적들에게 납치된 자들이 1만, 코렌스 전역으로 흩어져 떠도는 자들이 3만 이상일 겁니다."

익스는 눈을 찌푸렸다.

새로운 이야기가 쏟아져 나오고 있었다.

산적들에게 납치된 백성들.

코렌스 전역으로 흩어져 떠돌고 있는 유랑민.

'코렌스를 개판으로 만들어 놨네.'

하늘 길 요새의 경우에는 제법 그럴듯하게 엮어 놓더니, 이번 것은 왜 이렇게 개판인 것인지 모르겠다.

"산적 토벌이 끝나면 흩어진 마을 사람들이 전부 모여들 것입니다."

"6만의 백성들이 있는 마을을 다스려야 한다는 것인데."

"소신의 생각으로는 6만 이상이 될 것 같습니다. 코렌스 곳곳에서 이루어지고 있는 개발로 인하여 채석장의 생산량을 늘려야 합니다. 채석장 일이 힘들긴 하지만 보수가 넉넉한 만큼 지원자들이 상당할 것입니다."

"좋은 일자리로 인해서 백성들이 모여들 것이란 말이군."

"하늘산맥에 숨어 살던 자들도 산적 토벌에 적극 협조하면서 더 이상 숨어 살 필요가 없게 되었습니다. 그들이 내려오면 당연히 보수가 넉넉한 채석장에서 일하고자 할 것입니다."

"6만 명의 백성들과 채석장까지 관리할 사람이라……."

"돌가루 마을로 몰려들 자들은 또 있습니다."

"어디서 말인가?"

"남부 코렌스 지역입니다. 폐하께서 그들과 영지 교환을 하기로 하신 걸로 압니다. 남부 코렌스 백성들은 영주들의 눈치를 볼 필요가 없어진 만큼 상대적으로 발전한 북부 코렌스로 몰려들 것이고 역시나 보수가 좋은 채석장으로 몰려들 것입니다."

시스템이 추가한 새로운 이야기를 알아보자고 한 것이지만 본의 아니게 티나의 능력을 평가하는 자리가 되어 버렸다.

티나도 그렇게 느끼고 있는지 쉬지 않고 의견을 내놓았다.

"소신이 판단하기엔 산적 토벌군을 이끌고 계신 알베스 님을 관리관으로 임명하는 것이 좋을 것 같습니다. 각기 다른 지역에서 태어나고 자란 자들이 모여들면 이런저런 다툼이 벌어질 가능성이 큽니다. 이럴 때엔 엄격하게 법을 집행할 분이 필요합니다."

"알베스라면 소란이 일어나더라도 얼마든지 제압이 가능하긴 하지. 하지만 큰 마을과 채석장을 동시에 관리하긴 힘들 것 같은데."

"물품 거래소 소장으로 하여금 알베스 님을 보좌토록 한다면 충분히 가능하리라 봅니다."

물품 거래소 소장이라면 켄델을 말하는 것이다.

익스는 절로 고개가 끄덕여졌다.

"켄델이라면 확실히 괜찮지."

켄델은 로인, 멕신 등과 같이 포킹덤에서 언급된 인물이 아니었음에도 놀라움을 자아낼 정도로 능력을 발휘해 주고 있는 자였다.

그가 물품 거래소 소장으로 임명되긴 했지만 임시직에 가까웠다.

거래소의 규모가 커지고 거래량이 일정 수준 이상 늘어난다면 관리가 어려운 만큼 증명된 인재로 대체하려고 했으나 그럴 필요가 없었다.

켄델은 물품 거래소의 규모와 거래량이 폭발적으로 늘어나고 있음에도 아무런 문제 없이 잘 이끌어 오고 있었다.

"괜찮은 방법이긴 한데, 켄델이 빠지면 물품 거래소를 맡을 사람이 없지 않나."

"후임은 켄델 소장에게 직접 물어보는 것이 좋을 것 같습니다."

얼마 전에 올라왔던 켄델의 보고서가 떠올랐다.

물품 거래소의 확장에 따라 부소장 임명의 필요성과 함께 추천 인물의 장단점이 상세히 적혀 있었다.

신임 물품 거래소 소장은 켄델의 보고서에서 찾아내면 될 듯싶었다.

"좋은 의견이야. 큰 도움이 되겠어."

하이오크를 찾아온 악마

늑대송곳니는 출렁이는 파도를 보며 속으로 중얼거렸다.

'신기하단 말이지.'

처음 바다를 건널 적에 겪었던 폭풍의 기억이 여전히 머릿속에 남아 있었다.

겉으로 내색하지는 않았지만 요정 마을로 향하는 배에 오르면서도 폭풍을 걱정했다.

만약 폭풍을 만나면 어떻게 되는 것일까? 그때처럼 운 좋게 폭풍을 이겨 낼 수 있을까?

늑대송곳니의 우려는 쓸데없는 일이 되어 버렸다.

폭풍은 숨바꼭질을 하려는 것인지 모르겠지만 코빼기도 보이질 않았다.

선원들은 이번에도 폭풍은 없다면서 싱글벙글했다.

이번 항해도 전처럼 느긋하게 넘어갈 수 있다면서 박자를 타면서 노랫말을 흥얼거렸다.

여유로운 선원들과 달리 늑대송곳니는 걱정이 피어올랐다. 지금까지 잠잠했던 만큼 이번엔 폭풍과 마주할지도 모른다고 말이다.

폭풍을 걱정한 늑대송곳니 곁으로 대머리 하이오크가 다가왔다.

대머리 하이오크의 정체는 이번에 대전사에서 은퇴한 사나운도끼였다.

그는 바다를 하염없이 바라보고 있는 늑대송곳니에게 말했다.

"이렇게 안전할 줄 알았다면 굳이 반대할 필요가 없었던 것 같아. 족장을 너무 힘들게 만들었군."

넋이 나간 것 같아 보였지만 아니었던 모양이다.

늑대송곳니가 곧바로 대답했다.

"당연한 걱정이지요. 신경 쓰실 필요 없습니다."

사나운도끼가 팔짱을 끼고 고개를 흔들었다.

"그땐 당연한 줄 알았지. 하지만 이젠 확실히 알게 되었어. 늙은 것들의 공연한 걱정으로 자네 발목을 잡고 늘어졌다는 것을 말이야. 오크 놈들을 때려눕히느라 말을 하진 못했지만 다들 미안한 마음을 가지고 있네."

사나운도끼가 언급한 것처럼 오크와의 전쟁은 하이오크의 이주와 깊은 관련이 있었다.

하이오크의 이주는 외부로 알려지지는 않았지만 내부적으로 많은 논란을 일으켰다.

원수인 오크와의 일전에 집중하기 위해 여성과 아이를 비롯하여 전투에 참가하기 어려울 정도로 늙은 자들을 안전한 곳으로 이동시키는 데는 찬성하지만 바다를 건널 이유가 무엇이냐는 것이다.

하이오크는 바다를 겪어 보진 않았지만 위험하다는 것은 어렴풋이 알고 있었다.

그래서 위기를 피하려고 위기를 자초하는 것은 옳지 못하다 주장하는 이들이 나타났다.

사나운도끼의 말에서 알 수 있겠지만 이주를 반대하는 쪽은 원로에 속하는 하이오크 전사들이었다.

늑대송곳니도 이주 반대를 마냥 무시할 수가 없었다.

폭풍을 직접 겪어 보았기에 바다가 위험하다는 것을 알고 있었던 탓이다.

그럼에도 늑대송곳니는 결단을 내렸다.

이번 기회를 살리지 못한다면 하이오크의 미래가 불투명하다고 여겼기 때문이다.

당연하게도 원로 대전사와 원로 전사들이 크게 반발하였지만, 늑대송곳니는 족장의 권한으로 이주를 관철시켜 버렸다.

어느 정도의 희생은 어쩔 수 없는 일이라며 독하게 마음을 먹었지만 희망호에 오르는 하이오크들을 보며 간절히 기도했다.

동족들이 안전하게 바다를 건널 수 있도록 말이다.

늑대송곳니의 간절함이 바다의 신을 감동시킨 것인지는 모르겠으나 희망호의 항해는 성공적이었다.

지속적으로 수염 고래 마을과 요정 마을을 오고 갔지만 늑대송곳니가 걱정하던 폭풍은 없었다.

배에 오른 하이오크들 중 상당수가 멀미로 고생하긴 했지만 그것을 제외하고는 아무런 탈 없이 바다를 건넌 것이다.

이주가 순조롭게 이루어지자 우려를 나타내던 원로 대전사와 전사들은 입을 다물었다.

시작이 반이라는 말이 있다.

이주가 성공적으로 이루어지자 늑대송곳니가 준비한 일들이 술술 풀려 나갔다.

노움과 호빗의 지원으로 무기와 식량이 공급되자 이를 바탕으로 전쟁이 시작되었고, 오크 부족 중 하나인 피바람 부족을 상대로 연일 승리를 거두었다.

검은 깃털 부족이라 불리는 하이오크는 한 달 만에 눈에 띄는 성과를 얻어 내게 된다.

피바람 부족에게 내주었던 조상들의 땅을 일부 되찾은 것이다.

하이오크들은 누구 할 것 없이 환호성을 내질렀다.

그리고 4각 동맹이 번개 신의 축복이라 여기기 시작했다.

늑대송곳니는 부족원들이 입을 모아서 4각 동맹을 칭송할 때를 떠올리면 아직도 오금이 저릴 정도의 전율이 솟구쳤다.

4각 동맹은 4각 무역이 이루어지면서 유지된다고 할 수 있다. 4각 무역 중에서 하나라도 문제가 생긴다면 4각 동맹은 언제고 무너지게 되는 것이다.

네르한은 동맹을 맺을 당시에 언제고 위기가 찾아올 것이라 말했었다.

그렇기에 서로 간에 불만이 쌓이지 않도록 수시로 의견을 교환해야 한다고 말하지 않았던가.

4각 동맹을 위협하는 위기가 어떠한 형태로 찾아올지 모르는 만큼, 항시 주의를 기울일 것을 강조했다.

네르한의 말이 귀에서 떠나지 않았다.

악마는 부분 부분에 있다.

무슨 말인가 싶었는데 이번 일을 겪으면서 깨달을 수 있었다.

악마는 하이오크를 가장 먼저 찾아온 것이다.

'다행스럽게 잘 마무리되었지.'

만약 바다를 건너던 배가 침몰하였다면 무슨 일이 일어났을까?

일단 이주를 강행한 늑대송곳니는 족장 자리를 유지하기

도 힘들었을 것이고, 4각 동맹에 대한 회의적인 반응이 부족 내부를 지배했으리라.

사나운도끼가 곁눈질로 늑대송곳니를 보면서 말했다.

"자네가 말했었지, 새로운 네르한이 나타났다고. 사실 난 믿지 않았어. 전설과 같은 이야기였으니까. 그래서인지는 몰라도 4각 동맹에도 부정적이었지."

늑대송곳니는 사나운도끼를 탓할 생각이 없었다.

자연스러운 반응이었기 때문이다.

만약 직접 네르한을 만나지 못했다면 자신도 사나운도끼와 크게 다르지 않은 반응을 보였을 테니까.

"요정족도 아니고 인간과 관계를 맺는 일입니다. 당연히 부정적일 수밖에 없지요. 무엇보다 바다 건너에 있는 인간들은 요정 대륙에 있는 인간과 확연하게 다르니까요."

"맞네. 낯섦으로 인한 거부감이었던 것 같아. 하지만 이젠 상황이 달라졌고 생각 또한 달라졌지. 4각 동맹으로 우리들의 오랜 염원이 이루어지고 있어. 그렇기에 꼭 새로운 네르한을 만나야 해."

사나운도끼가 은퇴를 하긴 했지만 빠른 감이 있었다.

나이로 보자면 은퇴하는 것이 맞긴 하다. 그러나 나이라는 것은 상대적인 것이다.

같은 나이라 할지라도 어떤 자는 여전히 건강하지만 어떤 자는 죽음을 눈앞에 두기도 하니까.

이런 의미에서 보자면 사나운도끼의 은퇴는 매우 빨랐다. 척 보기에도 앞으로 10년 이상을 현역에서 활동할 수 있을 정도였으니까.

그럼에도 사나운도끼가 은퇴를 결심한 데에는 크게 두 가지 이유가 있었다.

첫 번째는 족장의 뜻에 반하는 행동을 했다는 사실 때문이었다.

타당한 반발이었다면 문제없었을 것이나 결국 사나운도끼의 우려는 쓸데없는 일이 되어 버렸다.

당연히 사나운도끼를 중심으로 하는 원로 대전사와 전사들은 자책감에 빠져들 수밖에 없었다.

사나운도끼는 새 술은 새 부대에 담으라는 말을 언급하며 자신을 포함한 원로들을 대거 은퇴시켜 버린 것이다.

두 번째는 4각 동맹이 하이오크에게 큰 이득이 되는 만큼 반드시 4각 동맹을 이어 갈 수 있도록 수호해야 한다는 결심이었다.

"요정 마을에 도착하면 만나 보실 수 있을 겁니다."

"새로운 네르한이 나를 받아 줄 것이라 생각하는가?"

"제가 생각하기엔 받아들일 것입니다. 오히려 기뻐하겠죠.

문제는 네르한이 아니라 네르한을 따르고 있는 주변 인간들의 시선일 것입니다."

사나운도끼는 늑대송곳니의 지적이 타당하다고 보았다.

"우리도 인간에 대한 거부감이 있는 마당에 그들이라고 없을 수는 없겠지."

"하지만 그리 크진 않을 것입니다. 사나운도끼 님과 같은 강력한 전사들이 함께한다면 네르한의 안전도 확실히 보장받을 수 있을 테니까요. 그 점을 부각시킨다면 마지못해서라도 받아들일 것입니다."

"그래. 새로운 네르한을 안전하게 지켜 내야지. 그래야 4각 동맹과 무역이 오래도록 유지될 테니까."

4각 동맹이 얼마나 많은 이득을 챙겨 주는지 몸소 깨달은 원로 하이오크들은 이전의 부정적인 움직임과 반대로 적극적인 찬성론자로 변모했다.

"어쨌든 저로서도 안심입니다. 네르한의 안전이 여러모로 걱정이었거든요."

"자네에게 들어 보니 현재 네르한이 처한 상황이 우리와 비슷해 보이더군. 그래서 더욱 도와주고 싶어. 인간들이 말하는 왕? 황제였나?"

"황제라고 하더군요."

"그게 우리로 치자면 대족장과 비슷한 것 같은데."

"완전히 같다고 할 수는 없지만 비슷한 것 같긴 합니다."

“네르한이 다시 대족장으로서 인간들을 다스리게 된다면 우리의 걱정도 한결 줄어들겠지. 그와 더불어서 4각 동맹은 더욱 굳건해질 것이고 말이야.”

“저도 네르한을 돕고 싶지만 상황이 여의치 않네요.”

“족장이 자리를 비운다는 것이 어디 쉬운 일인가. 더구나 피바람 부족 놈들과 일을 벌이는 와중이라면 더욱 어려운 일이지.”

“저로선 사나운도끼 님을 믿을 수밖에 없습니다.”

“염려 놓게나. 네르한을 확실하게 도와줄 테니까. 그것보다 걱정되는 일이 있네.”

“걱정이라니요?”

“네르한을 지키는 것은 나를 비롯한 전사들의 호의에서 비롯된 것인데, 묘하게 고블린들의 일과 얽히는 통에 거래로 받아들일 수도 있을 것 같아서 말일세.”

“오크 놈들이 궁지에 몰리면 고블린과 연합할 것이라고 예측한 것이 네르한입니다. 그런 네르한이니 오해하는 일은 없을 겁니다.”

하이오크의 족장인 늑대송곳니가 전쟁 중에 요정 대륙으로 건너간 이유는 고블린과 깊은 관계가 있었다.

“그렇다면 다행이군.”

“네르한을 만나기 전에 바다의 신께 감사를 올리는 것이 어떨까 합니다. 항해할 때마다 바다를 평온하게 해 주시지 않습니까."

"그렇군. 옳은 말일세. 바다의 신을 섬길 순 없지만 감사의 인사를 올리는 것은 그리 어려운 일이 아니지."

"무작정 인사를 드릴 수는 없는 일이고, 바다의 신을 섬기는 자들이 있을 것입니다. 바다의 신에게 예를 다하기 위해서라도 그들을 찾아오는 것이 좋을 것 같은데, 혹시 알고 계십니까?"

"생각 좀 해 보지. 어디서 듣긴 들었는데……."

사나운도끼가 기억을 훑고 있을 때였다.

"뭐가 고맙다는 겁니까?"

늑대송곳니와 사나운도끼 곁으로, 날렵한 몸을 지니고 있는 젊은 하이오크가 불쑥 끼어들어 왔다.

둘 사이로 끼어든 젊은 하이오크의 이름은 독수리발톱이었다.

그는 부족 내에서 새롭게 떠오르는 전사로서, 미래의 대전사 중 하나로 꼽히고 있는 유망주였다.

사나운도끼는 독수리발톱의 등장에 눈을 찌푸렸다.

능력은 출중하나 장난을 좋아하는 말썽꾸러기였기 때문이다.

이번 항해에 독수리발톱이 합류한 것도 녀석이 일으킨 말썽 중 하나였다.

수염 고래 마을에서 출발하는 배에 오를 수 있는 하이오크는 아이, 여인, 노인이 전부였다.

늑대송곳니는 바다 건너에 있는 네르한과 협의할 것이 있었기에 합류했고, 사나운도끼와 원로들은 은퇴를 하였기에 노인의 자격으로 배에 오른 것이었다.

젊은 사내는 배에 오를 수 없는데, 독수리발톱이 몰래 창고로 숨어들어서는 배가 출발하고 나서야 모습을 드러낸 것이다.

무엇보다 놀라운 것은 몰래 배에 오른 것이 독수리발톱 하나가 아니라는 점이었다.

녀석과 붙어 다니던 4명이 함께했는데. 천방지축 오총사라 불리는 녀석들이었다.

그나마 지금까지 조용했던 것은 멀미로 앓아누웠기 때문이었다.

"멀미는 괜찮은 것이냐?"

독수리발톱의 얼굴이 붉게 달아올랐다.

"근래에 들어 몸이 안 좋아서 그랬던 겁니다. 이렇게 금방 쌩쌩해지지 않았습니까. 멀쩡합니다."

빌어먹을 시스템

사나운도끼가 콧방귀를 뀌었다.

"멀쩡하다는 놈이 사흘을 앓아눕더냐."

독수리발톱은 지지 않고 받아쳤다.

"배를 처음 타면 다들 겪는 일이라 들었습니다."

"나도 배를 처음 탔다. 그런데 멀쩡한 것 같구나. 그리고 선단에 있는 자들이 한둘이더냐. 그런데 유독 너와 어울려 다니는 놈들만 멀미로 고생하고 있다. 항상 붙어 다니는 놈들이 없는 것으로 보아선 그놈들은 여전히 골골거리고 있겠지. 아이와 여인도 하루면 멀쩡해진다. 은퇴한 전사들도 멀미에서 자유롭다. 그런데 너희는 뭐냐?"

독수리발톱은 눈을 굴리며 변명거리를 찾고자 했지만 사

나운도끼는 기회를 주지 않고 쏘아붙였다.

"내가 보기엔 너희들이 수련을 게을리하고 술에 빠진 탓인 것 같구나."

"아닙니다. 절대 아니에요."

"아니라면 너와 어울리는 녀석들만 멀미가 심한 이유를 설명해 봐라."

멀미와 수련의 상관관계는 증명된 바가 없었지만 사나운도끼의 말처럼 천방지축 오총사들의 멀미는 유독 심했다.

드러난 사실이 너무나 명확한 상황이었기에 독수리발톱으로서도 마땅한 반박거리를 찾기 어려웠다.

"크흠, 아까 바다가 어쩌고 하면서 고맙다고 하시던데, 무슨 말씀인 겁니까?"

말을 돌리는 독수리발톱을 향해 한바탕 호통을 쏟아 내려는 사나운도끼를 늑대송곳니가 만류했다.

젊은이들의 혈기는 때론 사건 사고를 일으키기 마련이다.

멀리 갈 것도 없이 늑대송곳니도 어릴 적엔 적지 않은 문제를 일으키고 다녔으니까.

늑대송곳니는 독수리발톱의 혈기도 시간이 지나면 누그러질 것이라 보았기에 사나운도끼를 막아선 것이다.

"항해하는 동안 폭풍을 만나지 않게 해 주신 바다의 신께 감사의 인사를 드리고자 하는 것이다."

독수리발톱이 이해할 수 없다는 표정으로 물었다.

"폭풍이라면 비바람을 말하는 것 아닙니까?"

"그와 비슷하다."

"비바람이 좀 있다고 걱정할 필요가 있나요? 이렇게 큰 배에 무슨 일이 생길 리가 없지 않습니까. 설사 문제가 생기더라도 다른 배가 도와줄 것인데요."

요정 대륙에서는 내륙으로 폭풍이 몰아치는 경우가 거의 없었다.

독수리발톱의 머릿속에 그릴 수 있는 폭풍이라고는 세찬 비바람 정도가 전부였다.

"폭풍과 조우하면 이런 배도 힘없이 쓰러진다."

"과장이 심하시네요."

독수리발톱의 지적처럼 현재 요정 마을로 향하는 배는 하나가 아니었다.

이번에 수염 고래 마을에서 출발한 배는 모두 4척이다.

희망호의 설계도를 기반으로 만들어진 신형 배였다.

겉모습과 배의 구조는 약간 다르다고 할 수 있겠지만 크게 보자면 희망호와 차이가 없었다.

앞으로 이러한 배들이 계속해서 만들어질 것이고, 시간이 더욱 흐른다면 희망호보다 큰 배도 제작될 것이다.

노움들이 드워프보다 크고 튼튼한 배를 만들겠다고 팔을 걷어붙이고 나선 만큼 그리 오랜 시간이 걸리진 않으리라.

노움들은 희망호의 설계도를 기반으로 만들어지는 배는 처음 설계한 드워프의 이름을 따서 강철손급이라 이름 붙였다.

또한 강철손급 네 대를 하나로 묶어서 하나의 선단을 구성하였고 이를 만들어지는 순서대로 1선단, 2선단으로 명명하기로 결정했다.

현재 늑대송곳니 일행이 타고 있는 배는 1선단의 4척의 배 중 하나였다.

"자네가 겪은 것과는 차원이 다른 비바람이야."

독수리발톱은 자신만만하게 소리쳤다.

"비바람을 무서워해서야 어찌 전사라고 할 수 있겠습니까. 당장 그 폭풍이라는 것이 왔으면 좋겠군요. 어서 와 보라고 하세요."

말은 함부로 하는 것이 아니라고 했다.

돛대 전망대에 올라 주변을 살피던 관측 선원이 깔때기를 입에 대고 소리쳤다.

"먹구름이다! 전방에 먹구름! 폭풍이 온다!"

관측 선원의 외침이 끝나기 무섭게 갑판에서 쉬엄쉬엄 일을 하던 선원들이 바삐 움직이기 시작했다.

그와 동시에 폭풍을 언급했던 독수리발톱을 향해 거친 말을 쏟아 냈다.

"저 빌어먹을 자식! 도대체 무슨 소릴 지껄인 거야."

"바다의 신이 노한 것이 분명해. 건방지게 폭풍을 부르는 놈은 뭐야?"

"뚝배기를 까 버려야 하는 건데. 짜증 나서 일이 안 되네. 아무래도 안 되겠다. 저 자식부터 바다에 처넣고 일하자."

"갑판장님, 참으세요. 일단 폭풍을 피하고 봐야죠."

"거리가 있어 보이니까 피할 수도 있을 겁니다."

"맞아요. 다행스럽게도 바람도 좋다고요. 바람만 잘 타면 비껴 나갈 수 있을 겁니다."

"일이 끝나고 두고 보자. 무슨 수를 써서라도 저놈을 바다에 던져 버리고 말겠어."

사나운도끼는 독수리발톱을 향해서 한마디를 내뱉지 않을 수가 없었다.

"하여간 저놈의 주둥아리가 문제야."

독수리발톱은 고개를 숙이긴 했으나 속으론 머리를 쥐어뜯는 중이었다.

'오란다고 진짜 오는 건 뭔데!'

익스는 티나를 통해 채석장과 돌가루 마을에 대한 정보를 얻은 후, 그야말로 평화로운 시간을 보내고 있었다.

성에 있을 적에만 하더라도 휴식이라는 사치는 존재하지 않았다.

황제의 일이라는 것이 하나를 처리하면 둘이 되고 둘을 처리하면 넷이 되어 돌아왔다.

'여긴 천국이야~.'

의도한 것은 아니지만 종이 뭉치의 습격에서 자유로워지자 익스의 표정은 밝아질 수밖에 없었다.

흑마법사들이 몰려올 가능성이 높다는 점을 생각한다면 우울해질 수도 있겠지만 익스는 크게 신경 쓰지 않았다.

익스의 자신감은 어디에서 비롯되었을까?

당연하게도 마티엔이었다.

안전장치가 충분하다고는 하지만 익스는 하나에 만족하지 않았다.

'그들까지 합류하면 그야말로 완벽이지. 흐흐~.'

익스는 모처럼 얻은 자유를 알차게 사용할 생각이었다.

시스템의 농간으로 거대한 요새인 하늘 길 요새를 제대로 살펴본 적이 없었다.

익스는 이번 기회를 통해서 하늘 길 요새 곳곳을 살폈다. 또한 요새 근처 비경을 찾아 감상했다.

하늘산맥은 험준하긴 했지만 볼거리는 넘쳐 났다.

익스는 이번 기회를 통해 하늘산맥이 간직한 아름다움을 모두 살펴볼 생각을 했다. 또한 하늘산맥 구경이 끝나면 서부 지역을 슬쩍 살펴볼까 했지만 이내 포기했다.

하늘산맥을 살피는 것도 어디까지나 요새에 속한 지역에 한정해서 이루어지는 일이었다.

요새를 벗어나 제국 서부 지역에 들어서고자 한다면 근위병만으로는 호위가 불가능했다. 그래서 요새에 배치되어 있는 병사들이 대거 동원될 수밖에 없었다.

여기서 의문이 발생한다.

지금까지 근위병만 데리고 빨빨거리고 돌아다닌 것은 무엇이냐?

이에 대한 대답은 결국 하나다.

마티엔이 곁에 있었기 때문이다.

최강의 보디가드, 만능 치트키 마티엔이 자리를 비운 상태에선 함부로 외유를 시도할 수가 없었다.

코렌스도 아니고 제국 서부 지역이라면 언제 어디서 암살자들이 튀어나올지 모른다.

'내가 강해지면 만사형통인데.'

마티엔이라는 든든한 보디가드가 곁에 있다는 것은 좋은 일이지만 그를 항시 대동해야 한다는 것은 여러모로 비효율적인 일이었다.

마티엔이 오로지 마법진과 마법 물품 연구에만 몰두할 수 있었다면 이번에 새롭게 구상한 것이 아마 진작 만들어졌을 것이다.

익스는 시스템이 내주는 혜택 중에서 스스로를 강하게 만드는 법이 없다는 것이 못내 아쉬웠다.

이러한 문제를 진작 인식하고 있었던 익스는 잠시 마법에 눈을 돌린 적이 있었다.

하지만 결과적으로 보자면 마법은 익스와 인연이 없었다.

마티엔도 익스에게 마법을 가르쳐 보고자 애를 썼지만 안타깝게도 익스는 마나와의 인연이 닿지 못했다.

익스는 능력이라곤 눈곱만큼도 없는 몸뚱이를 저주할 수밖에 없었다.

온갖 생각에 잠겨 하늘 길 요새와 인근 하늘산맥을 살피던 익스에게 시스템이 메시지를 띄웠다.

메시지를 확인한 익스는 입을 다물지 못했다.

—긴급 공지 : 사용자께서 소유하고 있는 영지에서 벗어나면 시스템이 강제 종료됩니다. 시스템 강제 종료는 치명적인 에러를 일으켜 접속자의 안위에 큰 위해를 일으킵니다. 주의하십시오.

익스는 황급히 주변을 살폈다.

하늘 길 요새 동쪽 성문 밖이었다.

'젠장!'

익스는 터져 나오려는 욕설을 참기 위해 입술을 깨물었다.

긴급 공지를 확인한 후 익스는 황급히 저택으로 돌아와 홀

로 후원에 자리 잡았다.

군주 지원 시스템에 대해서 확실하게 짚고 넘어가야 할 필요성을 느낀 것이다.

익스는 시스템을 하나씩 살펴보았다.

'생각보다 별것 없어.'

확인 가능한 모든 것을 살펴보았으나 시스템이 보여 주고 있는 것은 많지 않았다.

시스템을 통해 확인 가능한 것들을 살펴보자면 크게 다섯 가지 정도였다.

칭호와 함께 주어진 특별한 능력, 퀘스트, 보관함, 상점, 시야 상단 중앙에 있는 시계가 전부였다.

'뭘 해야 이놈이 새로운 정보를 내놓으려나?'

익스는 시스템을 이용하고 싶었고, 할 수 있는 방법이라고는 최대한 많은 메시지를 이끌어 내는 것뿐이라 보았다.

'버프와 시계는 일단 제외.'

보관함도 굳이 살펴볼 필요가 없었다.

퀘스트가 완료될 때마다 얻어진 아이템 중에서 시스템이 제공하는 보관함에 굳이 넣어 두지 않아도 되는 것들은 따로 빼놓았기 때문이다.

물론 과거와 같은 실수로 신하들을 고생시키지 않고자 나무노래성에 황제의 금고라는 공간을 마련해 두었다.

'보관함도 달라질 게 없고 퀘스트도 마찬가지야.'

산적 토벌이 완료됨으로써 5개였던 퀘스트가 4개로 줄어드는 변화가 있긴 했지만 그것이 전부다.

퀘스트를 완료하기 전까지는 어떠한 것도 파악이 불가능했다.

결국 남은 것은 하나다.

"상점뿐이네."

익스는 망설이지 않고 상점을 열었다.

—보유 C포인트 : 1,240

C포인트가 가장 먼저 눈에 들어왔다.

산적 토벌 퀘스트를 완료하면서 1천 포인트를 얻었지만 채석장과 돌가루 마을 업그레이드에 각 100포인트를 사용하여 200포인트가 줄어들었다.

업그레이드를 포기했다면 C포인트를 보다 많이 보유하고 있을 테지만 200포인트가 아깝지 않을 정도로 효과를 보았기에 익스는 괘념치 않았다.

"한번 보자."

구하기 힘든 C포인트를 써야 한다는 것이 아깝긴 했지만 어쩔 수 없었다.

지금으로선 시스템에서 메시지를 이끌어 낼 수 있는 것이 이것뿐이었으니까.

무엇보다 상점에 범주를 추가하는 것이 필요한 일이었다.

—범주(+C100)

—(가축) 닭 C1/돼지 C2/교체 C5

—(성벽) 나무 성벽 C3/벽돌 성벽 C10/교체 C5

익스는 범주 추가를 선택했다.

"이번엔 뭐냐?"

—상점 범주를 추가하기 위해선 C포인트 100이 필요합니다.

—C포인트 100을 소모해 상점 범주를 추가하시겠습니까?

익스는 고개를 끄덕였다.

—상점에 새로운 범주인 광물이 추가됩니다.

익스는 눈을 반짝인다.

"이번 뽑기는 성공이네."

광물이라면 돈이나 다름이 없었기에 썩 마음에 들었다.

정보를 얻어 내고자 시작했던 일이지만 만족할 만한 범주가 추가되자 익스는 다시 한번 C포인트를 소모했다.

—상점에 새로운 범주인 주택이 추가됩니다.

"주택?"

익스는 추가된 2개의 범주를 살펴보았다.

—보유 C포인트 : 1,040

—범주(+C100)

—(가축) 닭 C1/돼지 C2/교체 C5

—(성벽) 나무 성벽 C3/벽돌 성벽 C10/교체 C5

—(광물) 구리 C1/은 C1/교체 C5

—(주택) 소형 주택 C1/중형 주택 C5/교체 C5

시스템에게서 정보를 빼내고자 시작한 것치고는 성과가 만족스러웠다.

"좋은데."

구리와 은의 유용함은 설명하기 어려울 만큼 많다.

당장 떠오르는 것만 하더라도 화폐로 사용이 가능하다는 것.

'당장은 필요 없지만 말이야.'

광물 다음으로 나타난 주택 범주도 만족스러웠다.

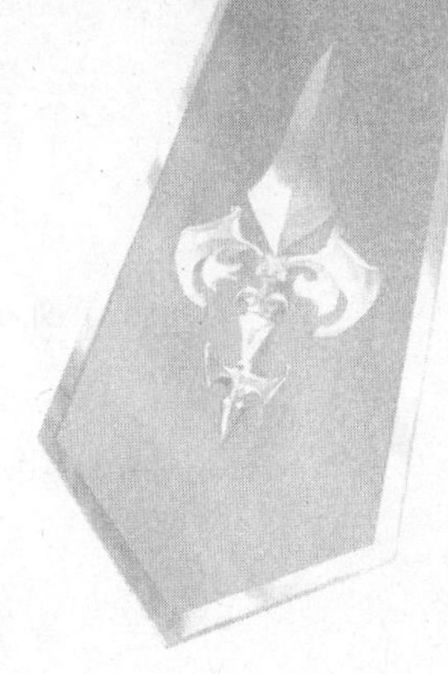

레막의 실험체

상급 요새를 통해 경험하지 않았던가.

설치만 완료된다면 하늘 길 요새와 같은 거대한 건물도 순식간에 만들어진다.

주택 범주에 속해 있는 것들도 상급 요새와 크게 다르지 않을 것이다.

익스는 오른손으로 턱을 쓸며 고민하다가 결단을 내렸다.

분위기가 좋다.

이런 기세라면 생각지도 못한 범주가 생성될지도 모른다.

“배! 배가 나와라. 아니면 조선소 같은 것도 좋고 사람도 좋은데. 그것도 되려나?”

익스는 C포인트 100을 지불하고 새롭게 나타날 범주를 기다렸다.

시스템이 메시지를 생성했다.

—상점에 새로운 범주인 빵이 추가됩니다.

익스는 눈을 껌뻑거렸다.

메시지가 사라지지 않고 계속 유지됐다.

"뭐야?"

도무지 믿기지가 않아서 몇 번이고 메시지를 확인했지만 달라지지 않았다.

익스는 메시지를 노려보며 시스템을 향해 소리쳤다.

"빌어먹을 시스템!"

피 같은 C포인트를 100씩이나 뽑아 먹고서 내놓은 범주가 빵이라니. 시스템을 손으로 잡을 수 있었다면 우악스럽게 잡아다가 갈기갈기 찢어 버렸으리라.

"환불."

—소모한 C포인트는 환불이 불가능합니다.

혹시나 했는데 역시나였다.

'좋게 생각하자.'

3개 중 2개를 괜찮게 뽑았다면 선방한 것이라 보아야 했다.

현재 범주를 추가하고는 있지만 또 다른 목적이 하나 더 있지 않은가.

시스템 활용을 통해 정보를 얻어 낸다는 것.

정보 획득이라는 측면에서 보자면 성과를 얻었다고 할 수 있었다. 그러나 범주에 추가된 빵을 보는 순간 솟구쳐 오르는 화는 어찌할 방도가 없었다.

"포인트는 아직 많아."

익스는 크게 숨을 내뱉어 화를 가라앉히고 다시 범주 추가를 시도했다.

—군주 지원 시스템에서 알려 드립니다. 허용된 범주가 모두 채워졌습니다. 범주를 계속 추가하시려면 범주 허용량을 늘려야 합니다.

—상점 업그레이드를 통해 범주 허용량을 늘리도록 하십시오.

메시지가 생성됨과 동시에 범주 옆에 붙어 있던 (+C100)이 투명해졌고, 그 옆으로 [⇧]가 새롭게 나타났다.

"그냥은 못 주겠다는 거네."

범주를 지속적으로 추가시키지 않았다면 상점 업그레이드가 있다는 것을 어찌 알 수 있었을까.

익스는 업그레이드를 선택했다.

—상점 업그레이드를 위해선 C포인트 500이 필요합니다.

—C포인트 500을 사용해 상점을 업그레이드하시겠습니까?

익스의 입에서 헛웃음이 흘러나왔다.

"헐, 그러면 그렇지."

어느 정도 예측했던 일이다.

다만 요구하는 포인트가 예상을 뛰어넘어 버렸다.

채석장과 마을 업그레이드에 들어간 포인트는 100이다.

그런데 상점 업그레이드에 500포인트라니.

비교 대상이 하나밖에 없는지라 익스로서는 과하다는 느낌을 받을 수밖에 없었다.

S포인트처럼 넉넉했다면 문제 될 것이 없었지만 C포인트는 퀘스트 완료를 통해서만 얻어지기에, 사용에 있어서 신중할 수밖에 없었다.

익스는 상점 업그레이드를 다음 기회로 미뤘다.

'조금만 기다리면 되니까.'

남부 코렌스 영주들과의 거래가 마무리된다면 코렌스 통합 퀘스트가 완료될 것이기 때문이다.

새로운 범주에 대한 욕심이 사라지자 추가된 범주에 들어 있는 아이템이 눈에 들어왔다.

"쓸 만한 것이 나왔으면 써 보는 것이 도리지."

익스는 상점을 활성화시켰다.

–보유 C포인트 : 940

–범주(+C100)/⇧

–(가축) 닭 C1/돼지 C2/교체 C5

–(성벽) 나무 성벽 C3/벽돌 성벽 C10/교체 C5

–(광물) 구리 C1/은 C1/교체 C5

–(주택) 소형 주택 C1/중형 저택 C5/교체 C5

–(빵) 딱딱한 빵 C1/부드러운 빵 C1/교체 C5

익스는 주택 범주에 속해 있는 두 가지 아이템을 바라보았다.

소형 주택과 중형 저택이다.

둘을 놓고 고민하던 익스는 중형 저택을 하나 구입했다.

–중형 저택을 구입하셨습니다.

익스는 보유 C포인트가 935로 줄어든 것을 확인하고서 보관함을 열었다.

보관함에 새로운 아이콘 하나가 생성되었다.

2층 건물이 그려진 아이콘이었다.

익스가 중형 저택 아이콘을 보관함 밖으로 꺼내자 상급 요새를 설치할 때 접했던 건설 지원 시스템이 모습을 드러냈다.

–건설 지원 시스템이 활성화됩니다. 중형 저택을 설치할 곳을 선택해 주십시오.

익스는 한 치의 고민도 없이 나무노래성 인근으로 이동했다.

나무노래성 일대가 한눈에 들어왔다.

익스가 중형 저택을 구입한 것은 그럴 만한 이유가 있었다.

'언제까지 성에 머물게 할 순 없지.'

현재 익스를 따르는 신하들이 대폭 늘어난 상태였고, 앞으로도 계속해서 늘어나면 늘어났지 줄어들 일은 없었다.

하급, 중급 관료들은 대다수 코렌스 출신이었지만 고위직에 해당되는 토비, 알베스, 멕신과 같은 네임드급 인물들은 외부에서 넘어온 자들이다.

그들이 머물 곳이 마땅치 않았기에 현재 성에서 머물고 있는 상태였다.

그들에게 내줄 저택을 만들고자 한다면 얼마든지 만들 수 있었다.

그러나 신하들은 코렌스 개발에 필요한 인력이 가뜩이나 부족한 마당에 굳이 저택을 만들 필요가 없다고 주장했다.

이로 인해 신하들은 마땅한 거처 없이 성에 얹혀사는 중이다.

익스는 이들에게 저택을 나누어 줄 생각이었다.

익스는 나무노래성 아래에 마련된 주택 부지로 이동했다.

백성들을 위한 주택은 상당수 존재했다.

하지만 고위직에 해당되는 귀족들이 살아갈 저택 부지로 선정된 곳은 허허벌판이었다.

익스는 중형 저택 아이콘을 지도에 표시된 저택 부지로 이동시켰다.

반투명한 상태의 2층 저택이 모습을 드러냈다.

지도에 표시된 바에 따르면 백성들이 살아가는 집은 지도의 한 칸을 차지하고 있었다. 그런데 익스가 설치한 중형 저택은 무려 열두 칸을 잡아먹었다.

"괜찮은걸."

담장과 함께 작은 정원까지 마련된 2층 저택이라면 귀족들에게 내주기에 손색이 없어 보였다.

―중형 저택 설치를 마무리 지으시겠습니까?

익스는 고개를 갸웃거렸다.

상급 요새를 설치할 때와는 다른 메시지였다.

"이건 굳이 직접 수령할 필요가 없는 건가?"

익스는 혹시나 싶어서 재빨리 설치 마무리를 선택했다.

—중형 저택 설치가 마무리되었습니다. 설치 마무리된 주택은 이동이 불가능합니다.

"오~ 이건 좋은데."

익스는 지도를 확대해 설치된 저택을 살펴보았다.

시스템이 제공하는 지도는 3차원 홀로그램이라 보면 된다.

저택 내부를 살필 수는 없었지만 외형은 상세히 파악하는 게 가능했다. 저택은 디귿 자가 왼쪽으로 90도 정도 꺾인 형태의 2층 건물이었다.

이만한 규모라면 C포인트가 아깝지 않았다.

익스는 중형 저택 7개를 더 구매해 보유 C포인트를 900으로 맞췄다.

중형 저택 7개의 설치에 들어간 익스가 중얼거렸다.

"이거 완전 심시티네."

심시티 놀이에 빠져 있던 익스에게 새 바위 마을에서 전령이 도착했다는 소식이 전달되었다.

겔림은 로강에서 데로트 가문의 첫째 파와 둘째 파의 군사적 충돌이 이루어졌다는 중차대한 보고를 받았음에도 자리에서 일어나야 했다.

"다들 왔다고?"

"그렇습니다. 세 분 모두 도착해서 회의장에서 기다리고 계십니다."

무려 42일 만에 이루어진 일이었다.

셋 모두 제국 곳곳에 흩어져 있었던 탓도 있겠지만 가장 큰 이유를 꼽으라면 그들이 길드 일에 관심이 없기 때문이었다.

'돈이 말만 하면 뚝딱 나오는 줄 알아? 부득!'

길드를 운영하는 겔림의 입장에서는 얄미운 놈들이었지만 한편으로는 연구에만 몰두해 준 덕분에 길드 내의 권력 다툼이 없어서 좋기도 했다.

겔림은 성큼성큼 걸음을 옮겨 회의장 안으로 들어섰다.

모서리가 둥글게 깎인 정사각형 탁자에 다양한 연령대의 사내들이 앉아 있었다.

겔림은 회의장으로 들어서자마자 정사각형 탁자의 빈자리를 채웠다.

"이렇게 다들 모인 것이 얼마 만인지 모르겠소."

회의장을 먼저 차지하고 있던 세 사람의 반응은 각기 달랐다.

가장 젊어 보이는 사내는 다리를 꼰 채 팔짱을 끼었고, 얼굴에 주름이 가득한 사내는 무심하게 눈을 감아 버렸다.

그나마 금발 머리를 시원하게 빗어 넘긴 중년 사내만이 호의 가득한 눈웃음으로 겔림을 맞이해 주었다.

"붉은 눈동자가 새겨진 서신이라면 당연히 찾아와야죠."

붉은 눈동자.

정식 명칭은 붉은 고양이 눈동자 문양이다.

길드를 실질적으로 이끌어 나가고 있는 부길드장만이 사용할 수 있었다.

붉은 눈동자가 새겨진 서신을 받으면 길드에 속한 이들은 이유 여하를 막론하고 무조건 명령에 따라 움직여야 했다.

회의장에 모여 있는 세 사람은 고양이 눈동자 길드의 3대 계파의 수장이라 할 수 있는 서클장들이었다.

키메라 서클의 레막.

저주 서클의 코엠.

소환 서클의 세림.

겔림에게 호의적인 반응을 보여 주고 있는 금발 중년인의 정체는 저주 서클의 코엠이었다.

다른 계파와 달리 코엠 서클장이 겔림에게 호의적인 반응을 보이는 것은 그만한 이유가 있었다.

겔림이 바로 저주 서클 출신이었기 때문이다.

팔은 안으로 굽는다는 말이 있다.

겔림이 부길드장으로 연구 자금을 공평하게 나누어 준다고는 하지만 알게 모르게 저주 서클을 챙겨 주었다.

"바쁘신 분들에게 붉은 눈동자로 소집을 명한 것은 우리가 오랫동안 준비해 왔던 대계가 난관에 봉착하였기 때문이오."

대계가 난관에 봉착했다는 말이 있고 나서야, 무심해 보이던 두 사내가 반응을 보였다.

가장 먼저 입을 연 것은 다리를 꼬고 있던 젊은이로, 키메라 서클을 책임지고 있는 레막이었다.

"웬만한 일은 길드에서 알아서 하면 될 것인데, 도대체 얼마나 대단한 일이기에 붉은 눈동자까지 사용해 우리를 모은 것이오?"

레막의 행동이 건방지게 보일 수도 있겠지만 겉모습만으로 판단해선 안 된다.

실제 나이로 보자면 회의장 내에서 가장 연장자였으니까.

"사군 사령관이 이끄는 첫째 파가 사실상 승리했소. 데로트 가문의 후계자 다툼이 끝난 것이오."

더 이상의 설명은 필요 없었다.

서클장들이 은밀한 곳에서 연구에 집중하고는 있지만 세상과 완전히 담을 쌓은 것은 아니었다.

그들은 길드가 준비한 일이 무엇이며 어떻게 진행되어 나아가고 있는지를 보고받고 있었다.

그리고 경우에 따라서는 길드의 일을 돕기 위해 제자들을 파견하기도 했다.

그래서 세부적인 사항은 알지 못했지만 맥은 정확히 짚고 있었다.

사군 사령관의 첫째 파가 데로트 가문을 장악함으로써 벌어질 일들이 무엇인지도 바로 알아차렸다.

얼굴에 주름이 가득한 사내, 그러니까 소환 서클을 책임지고 있는 세림이 물었다.

"그렇게 된다면 데로트 가문의 반격이 시작되겠구려."

겔림은 짧게 입술을 깨물었다.

"문제는 데로트만이 아니오. 황제가 우리의 예측을 완전히 벗어나고 있소."

세림이 동조했다.

"소문을 들었소. 느닷없이 사군 사령관을 적극 지지하고 임시 황도까지 버리고 변방으로 넘어갔다고 하던데."

레막이 끼어든다.

"황제가 판을 뒤흔들고 있다면 황제를 없애 버리면 되는 것이 아니오? 서부 지부장에게 적극적으로 나서도록 하는 것이 어떻겠소? 황제를 죽일 수만 있다면 데로트 놈들은 자연스럽게 무너지게 될 것이오."

세림이 고개를 끄덕였다.

"레막 서클장의 의견이 타당한 것 같소. 후암이라면 확실히 처리해 줄 것이오."

"확실히 서부 지부장이라면 믿을 만하지. 서클을 떠나 실력 하나는 확실한 녀석이니까."

레막의 칭찬에 세림이 흐뭇한 웃음을 지었다.

주름진 얼굴 탓에 보는 사람으로 하여금 섬뜩함을 자아내긴 했지만 말이다.

"내 제자라서가 아니라 선배로서 보더라도 후암의 실력은 뛰어나오. 제약을 풀어 준다면 황제를 죽이는 것은 그리 어려운 일이 아닐 것이오. 더구나 황제가 변방으로 도망갔다면 암살을 끝내고 난 뒤에 흔적을 없앨 시간도 충분할 것이고."

로인의 걱정

겔림이 한숨을 내뱉으며 말했다.

"후, 확실히 후암은 뛰어난 후배요. 그런데 그 뛰어난 후배의 종적이 묘연하오."

세림은 제자의 연락이 끊어졌다는 소리에도 그리 걱정하는 눈치가 아니었다.

"임무 때문에 그런 것이 아니오?"

"황제가 코렌스로 넘어갔다는 것은 작전을 새롭게 수립해야 할 정도의 큰 변화요. 작전 변경이 불가피한 상황이라면 연락을 해야만 하오. 서부 지부장은 지금까지 한 번도 길드의 원칙을 어긴 적이 없었소. 그럼에도 연락이 없다는 것은 결코 가볍게 보아선 아니 될 것이오."

세림이 걱정스러운 표정을 짓는 겔림을 위로했다.

"후암이 누군가에게 당했을 것이라 여기진 않소. 아무리 위험한 상황에 처했더라도 녀석이라면 얼마든지 몸을 빼낼 수 있소이다. 연락이 없다면 그럴 만한 사정이 있을 것이오."

"그 사정에 대해서 알아봐야 할 것 같소. 길드의 미래를 책임질 전도유망한 젊은이가 어떠한 위험에 처해 있을지 알 수가 없는 상황이오. 이에 나는 황제가 있는 코렌스로 특별 수행단을 파견하고자 하오."

레막이 의아하게 물었다.

"그런 것이라면 자네가 알아서 처리하면 될 것인데, 특별 수행단 조직을 우리에게 허락받으려고 붉은 눈동자까지 사용한 것인가?"

"서부 지부장만 찾으려고 했다면 내가 처리했거나 세림 서클장에게 도움을 요청하는 선에서 끝냈을 것이오. 하지만 나는 이번 특별 수행단에게 중대한 임무를 맡기고자 합니다."

세 사람의 시선이 자신에게 쏠렸다는 것을 확인한 겔림이 말을 이었다.

"후암에게서는 연락이 없고, 황제는 멀쩡하게 살아 있소. 다른 것은 모르겠지만 황제를 없애 버리는 것이 쉽지 않다는 뜻이라 생각되오. 우리들의 미래가 걸려 있는 대계가 흔들리고 있는 만큼 이번 기회를 통해 황제를 확실하게 처리하는 것이 내 목표요."

세림과 코엠은 미간을 좁히며 고심에 들어간 반면, 레막은 흥미롭다는 반응을 보였다.

"황제를 확실하게 처리하겠다는 것은 길드의 제약을 풀어 주겠다는 것이오?"

"맞소. 이번 특별 수행단에 한해서 제약을 풀 것이오."

"특별 수행단의 규모는 어느 정도로 계획하고 있소?"

"각 서클에서 지원해 줄 수 있는 만큼 꾸릴 생각이오."

"이번엔 확실하게 황제를 죽일 생각인 모양이오."

"황제가 죽어야 우리의 대계가 유지되오. 길드는 물론이고 흑마법사의 미래가 걸린 일이오. 어렵사리 잡은 기회를 이대로 놓칠 수는 없지 않소. 그런 만큼 각 서클에 적극적인 지원을 요청하는 바이오."

"제자 3명을 지원하겠소."

저주 서클장 코엠이 가장 먼저 나섰고 이어서 소환 서클장 세림이 말했다.

"내 제자와 관련된 일이니만큼 5명의 제자를 지원하겠소."

계파에 속한 제자라고 해 봐야 20명이 조금 넘는 수준이다.

그 20명 중에서도 절반은 길드에서 일을 하고 있었다.

실질적으로 서클장과 함께 연구하는 제자는 10명 수준이라 봐야 한다.

10명 내외의 제자 중에서 3명과 5명을 내준다는 것은 길드를 돕기 위해 최선을 다한다는 의미와 같았다.

겔림의 얼굴이 밝아질 수밖에 없었다.

'많아야 5명이라고 생각했는데.'

8명의 흑마법사.

이들이 제약 없이 온전히 힘을 사용한다면 전성기 시절 1만의 제국 정규군도 전멸시킬 수 있을 정도였다.

물론 8명도 산화할 테지만.

여하튼 8명의 흑마법사가 끝이 아니었다.

겔림은 기대 가득한 눈빛으로 레막을 바라보았다.

"다시 한번 묻고 싶은 것이 있소."

"말해 보시오."

"제약 말이오. 정말 제약을 풀어 줄 수 있소?"

"그럴 생각이오. 길드장님께 보고도 드렸고 허락도 받았소."

"그렇다면 이번 일은 나에게 맡겨 주시오. 연구를 해야 할 제자들이 빠져나가면 다들 어려움이 많지 않소? 이번 일은 내가 직접 나서겠소."

레막의 말에 회의장이 침묵에 휩싸였다.

겔림은 눈을 동그랗게 뜨고 물었다.

"레막 서클장이 직접 나서겠다는 말이오?"

레막은 시원스럽게 대답했다.

"그렇소. 얼마 전에 20년간 연구해 왔던 것을 마무리 지었소. 이론적으로는 완벽하다고 자부하지만 실제 사용되면 어찌 될지 모르기에 언제고 기회만 있다면 쓸 생각이었는데, 마침 길드에서 제약을 풀어 준다고 하니 이번 기회를 통해 우리 서클의 노력이 헛되지 않았음을 확인해 볼 생각이오."

평소 레막과 교류가 많은 세림이 물었다.

"설마 그게 만들어진 것이오?"

레막이 의기양양하게 답했다.

"그렇소. 결국 해냈소이다. 으하하하! 30마리를 시도해서 30마리 모두 성공했단 말이오. 내 이번에 이것들을 전부 데려가서 황제가 있는 곳에 풀어놓겠소."

"도대체 무엇을 만든 것이오?"

겔림의 물음에 답한 것은 레막이 아닌 세림이었다.

"3종의 맹수와 4종의 파충류, 그리고 15종의 독충을 이용해서……."

새 바위 마을 중심에 세워진 건물 하나가 있었다.

과거엔 마을 회관이라 불렸지만 지금은 마을을 다스리는 관청이자 마을 지도자의 관저로 이용되고 있었다.

새 바위 마을 관청 안에서 일하는 하급 관료의 숫자는 32명이다.

평소 같았다면 32명의 하급 관료들은 로인을 따라 바삐 움직이고 있었을 것이다.

"우리가 쉬긴 쉬네."

"그러게 말이야. 운이 좋은 거지, 뭐."

"그렇게 좋아할 것 없어. 알베스 님이 가시면 다시 일해야 하잖아."

하급 관료들의 어깨가 축 늘어졌다.

"오늘은 아닐걸."

"아니라니?"

"아침부터 상인 하나가 찾아와서 관리관님을 기다리고 있잖아. 알베스 님이 가더라도 상인을 만나 봐야 한다 이 말이지!"

"상인이라면 골치 아파지는 거잖아. 좋아할 게 아니라고!"

"그때랑은 달라. 이번에 찾아온 상인은 그자야."

"그자?"

"15인회 상단. 거기서 찾아왔단 말이지. 그자라면 관리관님도 뭐라 하지 않으실걸."

"아~ 15인회 상단이라면 그럴 수도 있겠다."

"그러니까. 오늘은 이 여유로움을 마음껏 즐기도록 하자."

"즐겨야지. 그리고 기도도 해야지. 관리관님과 알베스 님의 이야기가 길어지도록 말이야."

"난 기도할 시간에 쉬련다."

"기도한다고 들어줄 신이었으면 난 진작 돈벼락 맞았지."

"너 그러다가 오대 교단에 잡혀 간다. 거기가 얼마나 무서운 곳인지 알지?"

"퍽이나. 겁을 주려면 신관이나 데리고 와서 말해."

하급 관료들의 말처럼 새 바위 마을을 다스리고 있는 관리관 로인은 현재 알베스와 마주하고 있었다.

로인과 알베스는 하급 관료들의 기대에 완벽하게 부응하고 있었다.

아침에 이루어진 만남이 오후까지 이어졌다.

두 사람의 이야기가 길어진 것은 산적 토벌이 너무나도 성공적으로 이루어졌기 때문이다.

산적단을 완벽하게 제압한 탓에 포로 숫자가 2천을 헤아렸다.

2천의 포로를 관리하는 것은 결코 쉬운 일이 아니었다.

포로 문제로 인하여 두 사람의 이야기가 길어졌던 것이다.

"뒷일을 부탁하네."

로인이 알베스를 노려보며 날카롭게 소리쳤다.

"너무하신 것 아닙니까!"

"뭐가?"

"이 마을 하나로도 벅찬 마당에 채석장과 돌가루 마을까지 어찌 관리하란 말입니까. 포로는 어떻고요."

"자네 말만 들으면 내가 일을 몽땅 떠넘기는 줄 알겠어. 데이카가 남아서 정리 중이야. 포로는 록셀과 하이오크들이 관리해 줄 것이고. 자넨 돌가루 마을 출신 백성들만 잘 챙겨서 보내면 될 것인데 뭘 그리 엄살을 부려?"

"데이카든 록셀이든 둘 중 하나라도 힘들다고 손을 놓아버리는 순간, 제가 덤터기를 써야 하지 않습니까."

"그럴 일은 절대 없어. 그 둘이 얼마나 책임감이 투철한데. 일에 치여 죽는 한이 있더라도 주어진 임무를 충실히 이행할 것이야."

"일에 치여 죽으면요?"

알베스가 로인을 꾸짖었다.

"농담도 적당히 해야지. 나에게 불만이 있으면 확실히 말을 해. 왜 되지도 않는 이유를 가져다 붙이나."

"알베스 님이 자리를 비우면 제가 둘의 일을 최종 결재까지 해야 하지 않습니까. 가시려면 일을 마무리 짓고 가세요. 전령을 보내지 않았습니까."

"토벌군 대장으로 토벌이 완료되었으면 당연히 폐하께 보고를 해야지."

"왜 제 눈에는 일하기 싫어서 도망가는 것 같을까요?"

"무슨 소리! 그건 오해일세."

"정말입니까?"

로인의 의심스러운 눈초리에 알베스가 옆구리에 매달려 있는 검에 손을 올려놓고 말했다.

"이게 바로 토벌군 대장에게 주어지는 황제의 검일세. 폐하를 대신하여 폐하의 군대를 지휘할 수 있는 자격을 상징하는 것이지. 이걸 반납하지 않고 계속 가지고 있으면 어떻게 되겠나?"

알베스의 말처럼 토벌군 대장은 토벌 대상이 사라지면 바로 지휘권을 반납하게 되어 있었다.

로인은 알베스의 요새행을 말릴 길이 없다는 것을 깨달았다. 안 되는 일을 가지고 잡고 늘어져 봐야 무엇 하겠는가.

결국 로인은 채석장과 돌가루 마을을 떠안아야 한다는 현실을 받아들일 수밖에 없었다.

"채석장은 어떤 상황입니까?"

"사람 손을 타지 않아 먼지가 쌓여 있을 뿐이지, 아주 멀쩡해. 데이카에게 잡아 둔 포로 중 일부를 투입시켜 생산 준비에 들어갔지. 늦어도 일주일 안에는 돌이 나올 것 같아."

"돌가루 마을 출신 백성들이 투입되면 가동 시점이 더욱 빨라질 수도 있겠군요."

"아무래도 그렇겠지."

"성을 증축하려면 빨리 움직일 수밖에 없겠군요."

알베스가 로인의 말을 크게 반겼다.

"좋은 생각일세. 폐하께서 자리를 비우신 동안 재빨리 증축 공사를 마무리 짓도록 하지."

"그게 좋을 것 같습니다."

"이러고 있을 것이 아니라 어서 움직이도록 하게. 채석장에서 일한 자들을 찾아봐야 하지 않나."

알베스의 재촉에 로인은 담담히 답했다.

"걱정하실 필요 없습니다. 돌가루 마을 출신 백성들은 이미 파악이 끝난 상태입니다."

"벌써 말인가?"

"산적 토벌이 실패할 리 없지 않습니까. 그래서 미리 파악해 두었습니다. 채석장에서 일했던 기술자들도 알아보았고요."

알베스가 엄지를 내보였다.

"이래서 다들 로인, 로인 하는군. 역시 믿음직스러워. 자네가 아니었다면 폐하께 찾아갈 엄두도 내지 못했을 거야."

"괜한 말 하지 마시고 출발이나 하시죠."

"잘 부탁하네. 고생하고."

"고생하는 줄 알면 폐하께 채석장과 돌가루 마을을 관리할 사람을 보내 달라고 말씀 올려 주십시오. 새 바위 마을만 한 곳을 임시로 관리할 수 없는 노릇이지 않습니까."

"자네 말이 옳아. 그 큰 마을을 주먹구구식으로 관리할 순 없는 일이지. 내 폐하께 가장 먼저 돌가루 마을 관리관을 임명해 달라고 건의하지."

알베스는 손을 흔들고 관리관실을 빠져나갔다.

혼자 남겨진 로인이 깊게 한숨을 내뱉고 중얼거렸다.

"마땅한 사람이 없는데. 폐하께서 어찌 생각하실지."

돌가루 마을은 새 바위 마을과 필적할 정도로 거대했고, 채석장까지 붙어 있었다.

돌가루 마을이 거대해질 수 있었던 것은 채석장으로 인해서다. 채석장이 돌가루 마을을 먹여 살리고 있는 것이다.

이러한 사실을 감안한다면 돌가루 마을 관리관이 채석장까지 책임져 주어야 한다.

"음……."

로인이 생각하기에 돌가루 마을과 채석장을 동시에 책임질 수 있는 사람은 코렌스에서 셋뿐이었다.

"멕신이나 셀비, 그것도 아니라면 난데."

로인이 토비와 설리반, 마티엔을 제외한 것은 각자가 대체 불가능한 역할을 맡고 있기 때문이었다.

로인은 머리를 흔들어 돌가루 마을과 채석장 문제를 날려 버렸다.

새 바위 마을 문제도 산더미처럼 쌓여 있는 마당이다.

로인은 관리관실 밖에서 대기 중인 서기를 불렀다.

"기다리고 있던 상인은 어떻게 됐나?"

"접수원에서 대기 중입니다."

"용케 기다렸군."

"관리관님과 알베스 님의 대화가 길어져 돌려보내려 했지만 말을 듣지 않았습니다."

"데려와 보게."

에낙스의 투자 제안

로인은 관리관실로 들어서는 사내를 유심히 살펴보았다.

햇볕에 탄 검게 그을린 얼굴로는 나이를 짐작기 어려웠다.

모자를 잡고 있는 손을 살펴보았다.

굳은살로 인해 뭉툭해 보였다.

어디서나 흔히 볼 수 있는 제국의 백성이다.

다른 점은 깨끗한 옷을 챙겨 입었다는 것 정도가 되겠다.

'이젠 저게 일반적인 것이지.'

나무노래성의 물품 거래소를 중심으로 마을마다 시장이 형성되면서 작은 규모의 상단이 출현하기 시작했다.

로인이 파악하고 있는 크고 작은 상단만 하더라도 10개가 넘었다.

상단과 상인이 많을수록 물품 공급은 빨리질 수밖에 없었다.

과도한 경쟁은 여러 가지 부작용을 낳지만 아직까진 괜찮은 편에 속했다.

어쨌든 코렌스의 백성들이 깨끗한 옷과 튼튼한 신발을 착용하는 것은 드문 일이 아니었다.

'무엇보다 폐하께서 강력하게 강조하셨으니까.'

황제는 항시 몸을 깨끗이 할 것을 강조했다.

손, 발, 얼굴은 물론이고 일주일에 한 번씩 반드시 몸 전체를 씻도록 했다.

이것을 위생이라는 낯선 단어로 함축시켜 백성들에게 퍼트렸다.

'확실히 악취가 없어지긴 했어.'

귀족들이 백성들과 마주하길 꺼리는 것은 여러 가지 이유가 있긴 하지만 악취도 한몫했다.

하지만 백성들에게 위생이라는 것을 가르친 다음부터는 확실히 냄새가 줄었다.

마을 관청에 속한 치료사들의 말에 따르면 두통, 복통, 고열 등을 호소하는 환자들이 대거 줄었다고 한다.

'그러고 보니 폐하께서 실을 뽑는 벌레를 찾으라 했는데. 그걸 잊고 있었군.'

로인의 입꼬리가 씰룩거렸다.

'이젠 벌레 사냥꾼이 생기겠군.'

코렌스의 마을마다 이전엔 없던 직업들이 생겨났다.

마을 관리관이 쥐 사냥꾼, 고양이 사냥꾼을 고용한 것이다.

쥐 사냥꾼은 말 그대로 쥐를 잡는 자들이었다.

황제가 위생을 위협하는 존재 중 하나로 쥐를 지목했던 것이다.

곡물을 훔쳐 먹는 것도 모자라 위생까지 위협한다는 소리에 백성들은 화들짝 놀랐다.

무엇보다 황제의 명으로 쥐 사냥꾼을 고용할 정도라면 무슨 말이 더 필요하겠는가.

고양이 사냥꾼은 쥐 사냥꾼과는 달랐다.

쥐의 천적이 고양이라는 것은 잘 알려진 사실이었기에 집집마다 고양이를 키우기 시작한 것이다.

하나 마을에 고양이가 있으면 얼마나 있겠나.

결국 야생 고양이에게 눈길을 돌렸고, 자연스럽게 고양이 사냥꾼이란 직업이 탄생한 것이다.

로인은 엉뚱한 생각을 정리하고서, 고개를 숙인 채로 서 있는 사내에게 물었다.

"에낙스라고?"

모자를 잡은 손을 공손히 모은 사내 에낙스가 로인을 향해 인사를 올렸다.

"관리관님을 만나 뵙게 되어 큰 영광입니다."

"나를 만나고자 꽤나 노력했더군."

"인사를 드리고자 함입니다."

마을의 지도자인 관리관에게 줄을 대려는 상인들은 넘쳐났고, 찾아와선 대뜸 뇌물부터 들이밀었다.

로인은 크게 분노했고, 공개적으로 상인들에게 경고했다.

관청 입구 게시판에, 정당한 사유 없이 관리관을 찾아오거나 뇌물을 건넨다면 강력히 처벌할 것이라 밝혔다.

로인의 강력한 경고에, 꼼수를 쓰려던 상인들은 크게 놀라 몸을 사렸다.

하지만 로인은 여기서 그치지 않고 관청을 비롯한 하급 관료에 대한 대대적인 감사에 들어갔다.

황제가 임명한 관리관에게 뇌물을 들이밀 정도라면 밑에서 일하는 자들을 가만히 놓아두었을 리가 없기 때문이다.

감사는 로인이 직접 실시했고, 일주일 만에 하급 관료 2명과 경비병 7명이 뇌물을 받았다는 사실을 밝혀냈다.

로인은 그들과 함께 상인들을 잡아들여 10년 노역형에 처했다.

새 바위 마을에서는 엄청난 사건이었다.

백성들은 로인의 청렴함과 강직함을 아낌없이 칭찬하였지만 상단과 상인들은 두려움에 떨었다.

상인들의 발길이 끊어진 관청.

최근 상인 하나가 찾아와 로인을 만나기를 청했다.

처음에는 무시하려고 했지만 일주일을 쉬지 않고 찾아와 접견을 요청하였기에 오늘에서야 시간을 낸 것이다.

"단순히 인사를 하고자 일주일 내내 찾아온 것은 아닐 테고. 난 길게 말하는 것을 좋아하지 않아. 그러니 찾아온 이유를 말해 보게. 정말 인사만 할 생각이라면 그만 물러나고."

로인의 손짓에 에낙스가 재빨리 입을 열었다.

"관리관님께 투자를 받고자 찾아왔습니다."

"투자?"

"그렇습니다. 제 상단에 투자를 해 주셨으면 합니다."

로인이 어이없다는 표정으로 웃음을 터트렸다.

"하하하, 돈을 주는 것이 아니라 받아 내겠다니."

에낙스의 얼굴에 긴장감이 드러났다.

"오해하지 마십시오. 제가 원하는 투자는 돈이 아닙니다."

로인은 날카로운 눈빛으로 에낙스를 살폈다.

긴장하고 있지만 두려움은 보이지 않았다.

뇌물 사건 이후 상인들은 로인을 대단히 두려워했다.

조금이라도 꼬투리를 잡힐 것이 있는 상인들은 로인 앞에 서질 못했다.

이것이 의미하는 것이 무엇이겠는가.

저자는 거리낄 것이 없음을 뜻한다.

상대는 모르고 있을 것이지만 로인은 에낙스가 이끌고 있는 상단에 대해 샅샅이 파악이 끝난 상태였다.

에낙스에 대한 조사는 그가 관청을 처음 찾아온 날부터 시작되었다.

처음 시선은 부정적이었다.

로인이 겪어 본 상인들은 모두 꼼수만 부렸으니까.

그런데 조사가 이어질수록 에낙스라는 상인에 대해 흥미가 생겼다.

에낙스는 여느 상인과는 달라도 한참 달랐다.

마을 내에서도 꽤나 유명한 인물이었다.

에낙스의 유명세는 여러 가지 이유에서 시작되었지만 가장 먼저 꼽을 수 있는 것은 상단 이름이었다.

15인회 상단.

에낙스의 15인회 상단에 대한 마을 백성들의 평가는 대단히 높았다.

특이한 이름 때문에 쉽게 기억될 수 있는 것만이 아니었다.

15인회 상단에 대한 백성들의 평가는 다음과 같았다.

믿을 수 있는 상단.

독특하게 운영되는 상단.

에낙스가 로인 앞에 설 수 있었던 것도 백성들의 이러한 평가가 있었기에 가능했다.

"돈이 아니라면 무엇을 투자하라는 거지?"

"마을 인근에서 생산되는 약초가 어마어마하다는 것을 알고 있습니다."

"그래서?"

"제가 약초 생산량을 정확히 파악한 것은 아니지만 대략적으로 살펴보니 코렌스에서만 사용하고자 하는 것이 아닌 것 같았습니다."

"약초가 많으니까 그 약초를 넘겨 달라는 것이군."

에낙스는 로인의 미간이 좁혀지는 것을 확인하고서 재빨리 머리를 조아렸다.

"약초를 전부 투자해 달라는 것이 아닙니다. 제가 운영하는 상단이 감당할 수 있을 만큼만 투자받길 원합니다. 만약 투자해 주신다면 약초를 팔아 얻게 되는 이익 중 절반을 내놓겠습니다."

에낙스의 지적대로 새 바위 마을에 조성된 약초밭의 생산량은 무시무시했다.

규모도 규모였지만 호빗이 합류하면서 약초는 마치 신의 축복을 받은 것처럼 미친 듯이 자랐다.

덕분에 준비해 둔 약초 창고가 모자라 급히 만들고 있는 상황이다.

외부에서 상단을 불러들인다면 자연스럽게 해결될 일이지만 그럴 수가 없는 처지였다.

여러 가지 이유가 있었지만 가장 큰 문제는 이종족이었다.

요정 마을까지 생겨난 만큼 소문을 막을 순 없겠지만 소문만 듣고 막연하게 생각하는 것과 두 눈으로 직접 확인하는 것은 큰 차이가 있었다.

이종족에게 적대적인 오대 교단은 소문으로만 움직이진 않는다.

다른 곳도 아니고 황제의 영지를 함부로 조사하겠다고 주장하진 못한다.

하지만 증거나 증인을 데리고 나선다면 오대 교단의 조사 요구를 무시하기 어려웠다.

이종족을 받아들인 코렌스 입장에선 외부인을 함부로 받아들일 수가 없는 처지였다.

데로트 가문의 지원도 하늘 길 요새 동쪽 성문 밖에서 이루어질 정도다.

'셀비 관리관이 딱인데.'

상단을 운영한 경험이 있는 셀비가 가칭 황실 상단을 이끌어 주면 좋을 것이나 그럴 수가 없었다.

셀비가 빠져나가면 그물 마을을 누가 맡을 수 있을까.

한 달에 한 번씩 이루어지는 관리관 회의에서, 코렌스에서 활동하는 상인들을 이용하자는 의견이 나온 적이 있었다.

그러나 한 가지 반문에 묻혀 버렸다.

그들을 믿을 수가 있나?

누구도 확신을 가지지 못했다.

결국 관리관 회의의 결론은 좀 더 생각해 보자였다.

로인은 에낙스를 지그시 바라보았다.

조사한 바에 따르면 저자는 매우 독특한 방식으로 상단을 운영하고 있었다.

'이익을 공유한다는 말이지.'

백성들이 저자의 상단에 관심을 가지는 것도 어찌 보면 당연한 일이었다.

"약초를 받아다가 코렌스 밖에서 팔면 확실히 돈이 되겠지. 하지만 하늘 길 요새는 어찌 나갈 생각인가?"

에낙스는 망설임 없이 대답했다.

"그 또한 거래에 포함되어 있는 것입니다."

자신만만한 태도가 보기는 좋았다.

'이것 참…….'

로인은 에낙스란 상인이 투자라고 말하며 요구하는 것들이 어떠한 의미를 지니고 있는지 알고 있나 싶었다.

황제 직할령에서 나오는 모든 것은 당연히 황제의 것이다.

황제의 물건을 건네받아서 판매하려면 당연히 황제의 허락이 있어야 한다.

황제의 허락을 받아 황제의 물건을 팔고 있다면 이는 사실상 황제의 상단이나 다름이 없었다.

황제의 상단에는 특권이 있다.

일반적인 상단의 경우 귀족의 영지를 지나갈 때, 일정량의 통행세를 내야 한다.

그러나 황제의 상단은 어디를 가든 통행세를 낼 필요가 없었다.

상단 운영에 있어서 통행세를 제외할 수 있다면 무엇을 팔든 이득을 챙길 수 있었다.

물론 황제의 허락을 받은 상단이라는 것은 황제의 힘이 살아 있을 적에나 가능한 일이었다.

황제가 허수아비라면 황제의 상단이라 할지라도 영주들은 통행세를 받아 낸다.

그럼에도 로인이 황제의 상단을 떠올리고 특권이라 여기는 것은, 현재 황제와 데로트 가문의 관계가 돈독했기 때문이다.

다른 곳은 몰라도 적어도 데로트 가문의 힘이 미치는 서부와 중부 일부 지역에서는 특권이 먹혀들 것이다.

에낙스는 지금 황제의 상단이 가진 특권을 내 달라 요구하는 것과 진배없었다.

'모르겠지?'

특권이라 생각했다면 저리 당당하게 요구하지 못했을 것이 분명했다.

로인은 혹시나 싶어서 물었다.

"자네 말이야, 지금 요구하는 것이 무엇을 뜻하는지 아는가?"

"물론입니다. 일반적인 경우 상단이 약초 판매권을 사기 위해서는 상당한 금액을 지불해야 할 것입니다. 저 역시 그렇게 하고 싶지만 자금이 부족한 상황이라 그럴 만한 여유가 없습니다. 그래서 무례한 줄 알면서도 관리관님께 투자를 요청한 것입니다."

알긴 뭘 안다는 것인가.

에낙스는 황제라는 존재에 대해서 전혀 생각지 않고 있었다.

"하긴, 이게 자연스러운 것이겠지."

"자연스럽다니요?"

"혼잣말이야. 신경 쓸 것 없네. 자네가 요청한 투자는 안타깝게도 내가 처리할 수 있는 일이 아닐세."

"그렇다면 허가를 받을 수 있는 분을 소개시켜 주십시오."

무식하면 용감하다는 말은 여기에 해당되는 듯싶다.

만약 에낙스가 이전까지 보아 왔던 이익만 탐하는 상인이었다면 단단히 곤욕을 치렀을 것이다.

10년 노역형이 아니라 황제를 모욕했다는 죄를 물을 수도 있었다.

로인은 에낙스가 지금까지 상인으로 보여 준 자세가 대단히 훌륭하다는 것을 알고 있었다.

만약 약초 판매를 코렌스에서 활동하는 상단에 위임하게 된다면 가장 먼저 언급될 상단이 바로 에낙스의 15인회 상단이었다.

상단의 규모 때문이 아니라 가장 믿을 수 있기 때문이다.

“소개는 어렵지 않네. 다만 설득은 자네 몫이야. 결코 쉽지 않을 것이고.”

“단단히 각오하고 있습니다. 최선을 다해서 설득할 것입니다.”

로인은 에낙스가 황제 앞에서도 지금과 같이 행동할 수 있을지 궁금했다.

‘같이 가 볼까?’

황제의 의도는 무엇?

익스의 손에서 연필이 춤을 추고 있었다.

'여전히 불안해.'

손가락 사이를 오가는 연필이 제법 그럴듯해 보인다.

익스에게 익숙한 연필과 비교하자면 여전히 부족했지만 그것은 어디까지나 외형적 측면뿐이었다.

기능 면으로 보자면 익스에게 익숙한 연필과 비슷하다 느껴질 정도로 올라선 상태였다.

연필이 이토록 훌륭하게 만들어진 것은 익스의 지속적인 조언과 노움의 기술력이 합쳐진 결과라 할 수 있었다.

익스는 춤추던 연필을 바로 잡은 다음, 시선을 책상으로 내렸다.

그리고 종이에 적힌 글을 유심히 살펴보았다.

돌가루 마을 - 알베스
채석장 - 켄델

언뜻 보기엔 부족함이 없는 인사였지만 과연 이것이 최선이라 할 수 있을까?

익스는 고개를 저었다.

티나의 의견이 잘못되었다는 것이 아니다.

그녀는 현재 코렌스에 있는 인재들을 활용할 방법을 제안한 것일 뿐이다.

익스는 알베스와 켄델의 이름 옆으로 줄을 긋고 새로운 이름을 적었다.

알베스 옆으로 2명, 켄델 옆으로 1명의 이름이 적혔다.

'얘도 좋고, 이 녀석도 괜찮아.'

포킹덤을 읽었던 자라면 누구라도 고개를 끄덕일 인재였다.

이해하기 쉽게 시스템적으로 표현해 보자면 멕신과 같은 S급에 해당될 것이다.

그들이 무엇보다 매력적인 것은 40대에 접어들어 능력은 물론이고 경험까지 갖추어 완숙함에 이르렀다는 사실이다.

"문제는 부른다고 올 자들이 아니라는 거지."

이런 자들이 백수일 리가 있겠나. 당연하게도 대영주들의 심복으로 활동 중이었다.

"시스템에서 인재 뺏기 같은 것이 있으면 좋을 건데. 이간질로 충성심을 낮춰 포섭해도 괜찮고 말이야."

익스의 말은 시스템을 향한 것이다.

비슷한 것이 있으면 어서 빨리 내놓으라고.

그러나 시스템은 대꾸가 없었다.

큰 기대를 걸었던 것이 아니었던 만큼 실망감 또한 없었다.

어찌 보면 멕신, 셀비, 로인과 같은 인물을 얻은 것만으로도 크나큰 행운이라 할 수 있었다.

설리반도 시스템이 보상으로 내준 것이 아니던가.

남의 것을 빼앗을 생각보단 가지고 있는 것을 잘 지켜야 하는 법이다.

"상점에서 인재를 좀 팔아 주면 얼마나 좋아."

성벽과 저택도 구입되는 마당에 인재 정도라면 얼마든지 판매가 가능한 것이 아닌가.

"한번 해 봐?"

범주를 추가해 인재가 나온다는 확신만 있다면 얼마든지 C 포인트를 사용할 수 있다. 하지만 상점 범주에 인재가 속해 있는지 알 수 없기에 망설일 수밖에 없었다.

익스는 고개를 저었다.

"아니지. 무슨 일이 일어날 줄 알고."

익스는 종이에 새겨진 이름을 연필로 찍찍 그어 버렸다.

"일이 너무 잘 풀려도 문제야."

시스템이 제공하는 보상과 상점에서 판매하는 아이템으로 인해 생각보다 빨리 코렌스가 발전하고 있었다.

하늘 길 요새와 돌가루 마을이 뚝딱 만들어지는 통에 생각지도 못한 인재 부족에 시달리는 중이었다.

대책은 마련해 두었지만 문제는 시간이었다.

"기네스가 제대로 해 줘야 하는데."

오대 교단의 성지인 오틀라스로 내려간 기네스.

코렌스로 데려올 것은 태양 신 교단의 신관만이 아니었다.

"힘 좋은 놈들은 확실히 올 것이고, 문제는 그놈인데."

익스는 기네스가 데려올 인물을 떠올려 보았다.

성격에 심각한 문제가 있어 통제하기 쉽지 않았지만 능력만큼은 확실했다.

지랄맞은 성격만 제어할 수 있다면 전성기 시절 제국의 재상으로도 부족하지 않을 정도니까.

하지만 그는 한때 멕신과 비견될 정도로 명성을 쌓았지만 미친놈이라 불릴 정도로 지랄맞은 성격으로 인해 출사 1년 만에 실각하고 살해된다.

물론 그가 출사하는 것은 앞으로 20년 후의 일이다.

현재 나이는 십 대 초반쯤일 것이다.

어린 나이에 데려와 잘 가르치면 지랄맞은 성격을 고칠 수 있을지도 모른다.

"오려나?"

기네스에게 찾아가 보라고 했지만 코렌스까지 올지는 의문이다.

"오면 좋겠는데."

익스는 기네스의 성공 여부에 상관없이 셀비를 불러들였다.

셀비가 가진 인맥은 대단히 뛰어났다.

상단을 운영하던 시절, 그는 서적을 제작 판매하면서 서부 지역의 귀족은 물론이고 지식인들과도 친분을 다졌다.

이것을 어찌 써먹지 않을 수 있겠는가.

S급 또는 A급 인재와 친분이 있다면 좋겠지만 B, C등급에 해당되는 자들도 현재로서는 감지덕지다.

B, C등급들이 힘을 합치면 S, A급 효과를 내줄 것이 아닌가. 하나로 부족하면 둘로, 둘로 부족하면 셋을 쓰면 된다. 그래도 부족하면 10명을 밀어 넣어 버리면 되는 것이다.

익스는 새로운 종이를 펼쳤다.

포킹덤에서 중요도가 떨어졌던 인물들 중에서 서부 지역에서 활동했던 자들을 떠올렸다.

이레사는 파인과 함께 황제에게 평가 조사관이라는 직책

을 받고서 한달음에 남부 코렌스로 내려왔다.

이레사는 리코스 가문의 영지가 아니라 넬리스 가문의 영지에 있는 칼날바위성으로 들어섰다.

평가 조사관으로서 나무노래성과 수시로 연락을 취해야 했기에 북부 코렌스와 가까운 넬리스 가문의 칼날바위성에 자리 잡게 된 것이다.

가문의 영지는 아들에게 맡겨 놓았다.

솔토는 나무노래성에 남고자 하여 떠날 당시에 황제에게 허락을 받았지만, 사정상 다시 불려 갈 수밖에 없었다.

황제에게 영지를 반납했다고 당장 손을 떼어 버릴 수는 없는 일이었으니까.

오히려 이전보다 더욱 신경 써서 영지를 관리해야 했다.

황제의 것이었으니까.

아들에게 영지 관리를 맡기고, 이레사는 파인과 함께 황제에게 받은 임무에 몰두했다.

황제가 내린 임무는 남부 코렌스 영지들의 가치를 정확히 파악하는 것이었다.

외부 인사로 진행하기엔 대단히 어려운 일이었지만 누구보다 남부 코렌스에 대해서 잘 알고 있는 이레사와 파인에게는 그리 어려운 일이 아니었다.

사실 굳이 조사할 필요도 없었다.

어떠한 기준을 가져와도 남부 코렌스에 대한 평가 결과는

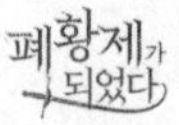

동일하기 때문이다.

땅의 가치, 영지민의 수, 농지 개간, 특산품 등 무엇을 가져와 붙여도 좋은 평가를 받기 힘들었다.

알기 쉽게 영지의 가치를 상중하로 나눈다면 남부 코렌스 전체는 '하'에 해당된다.

파인과 이레사의 영지라 할지라도 '하'라는 평가 결과를 벗어나지 못할 것이다.

파인은 손에 들고 있던 종이를 집어 던졌다.

"눈 뜨고 못 보겠군. 이렇게 두루뭉술하게 적어서 뭘 어쩌겠다는 거지?"

이레사가 땅이 꺼질 것 같은 한숨을 내뱉으며 말했다.

"그잔 최소한 속이진 않는 모양이네. 이자는 사기꾼이야. 이자가 뭐라고 적었는지 알아?"

"뭐라고 적었는데?"

"자기네 영지의 한 해 수입이 2천 골드라 주장하고 있네."

파인이 검지로 귓구멍을 쑤시다 다시 물었다.

"지금 뭐라고 했나?"

"2천 골드. 영지 수입이 2천 골드라 주장하고 있단 말일세."

파인은 할 말을 잃어버렸다.

2천 골드씩이나 수입이 있다면 영지를 교환할 필요가 없었다.

무조건 붙들고 늘어져야 한다.

"그것뿐인 줄 아나. 2천 골드 수입을 기준으로 삼아 자신의 영지 가치를 2만 골드로 잡았어."

"2만 골드라면 남부 코렌스를 팔아도 받을 수 없는 돈이 아닌가."

"그러니까 말일세."

영지 수입이 2천 골드 정도 되려면 작위가 최소한 백작은 되어야 한다.

영지 가치 2만 골드라면 제국의 중심에 자리 잡은 노른자 땅에서나 나올 수 있는 금액이었다.

"너무 어처구니가 없어서 화가 아니라 헛웃음이 나올 정도지."

"제정신이 아니군. 사기를 치려면 그럴듯하게 칠 것이지. 우리가 평가 조사관으로 영지 가치를 살필 것이라 연락을 했잖아. 아직 서신이 도착하지 않은 건가?"

파인의 지적대로였다.

두 사람은 칼날바위성에 도착하자마자 남부 코렌스 영주들에게 재빨리 서신을 보냈다.

서신의 내용을 간략하게 설명하면 다음과 같았다.

'2명의 평가 조사관이 영지 가치를 파악할 것이다. 실사에 앞서 각자 영지 평가서를 작성하여 칼날바위성으로 제출하라.'였다.

"못 받았을 리가 있겠나. 영지 평가서를 칼날바위성으로 보냈다는 것 자체가 연락을 받았다는 뜻일세. 그렇지 않았다면 폐하께 보냈겠지."

"그걸 알면서도 이런 말도 안 되는 평가서를 보낸다고?"

"말도 안 되는 것은 또 있네."

파인이 이레사를 향해 손을 내저었다.

"또 있다고? 이젠 듣기가 무서워지려고 하네."

"사기꾼 같은 놈. 앞엔 자기 딸이 아주 예쁘다고 적혀 있더군. 그림까지 첨부했을 정도야."

파인이 의아함을 감추지 못하고 눈을 껌뻑거렸다.

"딸을 그린 그림을 평가서에 왜 보낸단 말인가?"

"잘 생각해 보게. 아직 황후께서 없지 않은가."

"뭐 이런!"

파인은 입에서 터져 나오려는 욕설을 겨우 틀어막았다.

"딸을 황후로 만들어 보겠다는 건가?"

"큰일이야, 큰일. 어서 폐하께서 황후를 들이셔야 할 것인데. 황후 자리가 비었다고 어중이떠중이들이 욕심을 내고 있는 것이 아닌가."

황제의 장인이 되는 순간 후작 작위에 올라선다.

"그런데 어찌 폐하께서는 황후를 들이시지 않는 거지? 폐하께서 황위에 오르신 지 7년일세. 그리고 지금의 춘추라면 진작 황후를 맞이하셨어야 할 것인데."

"황도와 황실의 사정을 어찌 전부 알 수 있겠나. 뭔가 복잡한 이유가 있는 것이겠지."

"폐하께서 서둘러 황후를 들이지 않으시면 이런 일이 계속해서 일어나겠군."

"그렇게 되겠지."

파인이 주먹으로 탁자를 내려쳤다.

"이런 걸 두고 볼 수는 없는 일일세. 경고를 해야 해."

"당연하지. 폐하를 속이려 하고 이용하려는 이 불충한 자들을 그냥 두고 볼 수는 없는 일이지."

"이자들에게 경고장을 보내세. 제출한 평가서와 실사 내용이 현격히 차이가 나거나 관련 없는 내용이 첨부되어 있을 경우, 폐하께서 언급하신 호의가 사라질 것이라고 말이야."

파인의 의견에 이레사도 동의했다.

"좋은 생각일세. 당장 보내야겠어. 폐하께서 이번 일을 빠르게 마무리 짓길 원하시는데 이런 식으로 지체되어선 아니되지."

둘은 폭풍과 같이 경고장을 작성한 뒤에 전령을 출발시켰다.

경고장을 보낸 뒤 두 사람은 모처럼의 휴식 시간을 가졌다. 엉망인 평가서를 살펴봐야 답이 없다는 것을 알고 있었기 때문이다.

경고장을 접한 영주들이 제대로 된 평가서를 보내 줄 때까지 기다려야 했기에 휴식을 가질 수 있었다.

폭신한 의자에 몸을 기대고 있던 이레사가 맞은편에 앉아 부드러운 빵을 씹는 파인에게 물었다.

"자네 생각은 어떤가?"

"무슨 생각?"

"폐하께서 우리들에게 신신당부하지 않았나. 그 두 곳은 반드시 영지 교환이 이루어져야 한다고. 그 이유가 무엇이라 보나?"

"그걸 잊고 있었군."

"그걸 잊고 있으면 안 되지."

"폐하께서 찍으신 곳이 모두 영지 교환에 응해서 그런 것일세. 폐하의 뜻대로 일이 풀렸으니 해결된 것이라 본 것이지."

"이제라도 생각해 보란 말이야. 폐하의 뜻이 무엇인지 말이야."

"확실히 이상하긴 해. 영지 반납을 하겠다고 하면 거부하라고 하셨으니까."

"이상하지 않은가. 영지를 반납하고 폐하를 위해 일하겠다는 뜻을 보일지라도 코렌스 밖으로 내보내라 하셨어."

"이상한 일이지. 나로서는 폐하의 뜻을 알지 못하겠네. 자넨 어떤가?"

"나도 마찬가지야. 다만 막연하게 유추해 보자면 떠오르는 것이 하나 있긴 해."

파인이 호기심을 드러냈다.

"말해 보게."

이레사는 자신의 생각을 풀어놓았다.

파인은 이레사의 의견을 듣고선 고개를 끄덕였다.

"그럴 수도 있겠군. 한데 폐하께선 우리도 모르는 것을 어찌 아시는 거지?"

"자네, 그 소문 못 들었나?"

"무슨 소문?"

"폐하께서 신의 축복을 받으셨단 것 말일세."

아직 밝혀지지 않은 사실

요새에 들어선 에쉬의 시선이 바삐 움직이고 있었다.

하늘 길 요새는 규모는 물론이고, 하늘산맥과 어우러져 독특한 아름다움을 뿜어내는 건축물이었다.

코렌스가 개발되면서 다양한 건물들이 들어섰지만 하늘 길 요새만큼 아름답고 거대한 건물은 드물었다.

황제가 강력한 의지를 가지고 제국의 역량을 쏟아부은 것이다. 제대로 만들어지지 않는 것이 이상한 일이었다.

"어서 오게."

셀비는 자신에게 인사를 건네는 모락에게 미소를 지으며 말했다.

"요새 대장으로 출세한 자랑스러운 친구로군. 이렇게 만나 영광이네."

일반적인 요새 대장이라면 눈을 흘기며 욕설을 섞어 반박했을 테지만 하늘 길 요새의 대장이라면 셀비의 말처럼 출세가 맞다.

크게 과장되긴 했지만.

모락이 머리를 긁적이는 동안 티나가 셀비에게 인사를 건넸다.

"어서 오세요. 가까운 곳에 머물면서도 만나 뵙기가 쉽지 않네요."

"이렇게라도 만나면 되는 것이 아니겠습니까. 그것보다 관리관께서 임신했다는 소식을 들었습니다. 저놈보다는 관리관님을 닮은 조카가 태어나길 오대 주신들께 기도해 드리겠습니다."

"무슨 소리를 하는 거야!"

중간에 끼어든 모락을 향해 셀비가 짓궂게 말했다.

"아들은 몰라도, 아니지, 아들이든 딸이든 자네를 닮았다고 생각해 보게. 난 그런 불상사를 막고 싶을 뿐이야."

"생긴 게 전부는 아니야!"

모락의 반박을 가볍게 받아치는 셀비였다.

"누가 보면 자네가 아주 똑똑한 줄 알겠어. 객관적으로 평가하더라도 자네보다는 티나 관리관의 재능까지 이어받는 것이 더욱 좋을 것 같은데."

모락은 셀비와 입씨름을 해 봐야 좋을 것이 없다는 것을 알고 재빨리 말을 돌려 버렸다.

"실없는 소린 여기서 끝내게. 그것보다 설리반 관리관은 어디에 있나? 폐하께서 기다리고 계실 것인데."

셀비는 모락의 물음에 답하기 전에 요새 구경에 여념이 없는 에쉬를 살폈다.

정확하게는 에쉬의 목에 걸려 있는 목걸이였다.

마티엔과 에쉬가 만든 목걸이 마법 통역기다.

목걸이 끝에 매달린 은장신구가 직사각형 2개로 갈라져 있는 것을 확인했다.

직사각형 2개가 하나로 합쳐져 있지 않으면 다음과 같은 해석이 가능하다.

방해하지 마라.

이야기하고 싶지 않다.

직사각형 2개가 합쳐져 정사각형이 만들어져야 마법 통역기가 작동하는 것이다.

셀비가 말했다.

"수염 고래 마을에서 출발한 1선단의 도착이 늦어져 마을에서 대기 중이네."

"1선단?"

"자네도 들어서 알고 있지 않나. 희망호와 같은 배를 만드는 중이라고 말이야."

"듣기는 했네만 배라는 것이 쉽게 만들어지는 것이 아닐 것인데."

셀비는 눈으로 요새를 살피는 에쉬를 가리켰다.

"저분들이 나서면 불가능한 일도 가능해지지."

절로 고개가 끄덕여지는 모락이었다.

"그런데 말이야, 폐하께서 찾으셨네. 와야 할 것인데."

"폭풍을 걱정하는 것 같네. 근래에 바다에 먹구름이 가득했거든. 혹시 모를 일을 대비해 요정 마을에 있는 어선을 충원해 살피는 중이거든."

"바닷길이 험하긴 하지."

"희망호가 지금까지 별 탈 없이 바다를 건너왔다는 것 자체가 신기한 일이지. 여태껏 폭풍을 만나지 않았다면 이젠 만날 때가 되었다는 뜻이기도 하지."

"별일이 없었으면 좋겠는데."

희망호와 같은 배가 4척이라면 선원을 제외한 수송 인원이 천에 육박한다.

만약 폭풍을 만나서 1선단이 침몰해 버린다면 엄청난 숫자의 인명 피해가 발생하는 것이다.

상상만으로도 끔찍한 일이었다.

모락의 얼굴에 걱정이 묻어나자 티나가 손을 잡아 주었다.

1선단이 언급됨과 동시에 침울함이 찾아오려 할 때였다.

에쉬가 뒷짐을 지고 다가와 제국어로 물었다.

"분위기가 왜 이래?"

셀비는 목걸이 장식이 정사각형이 되었다는 것을 확인하고서 답했다.

"1선단 이야기를 하고 있었습니다."

"1선단이 왜?"

"예정보다 많이 늦어져서 걱정하는 것이죠."

에쉬가 코웃음 쳤다.

"우리가 그렇게 허술하게 만들 리가 없잖아. 쓸데없는 걱정 하지 말고 어서 안내나 해라. 네르한을 만나 봐야지."

페톰은 경매소 입구에서 누군가를 기다리고 있었다.

"곧 도착한다고 하지 않았나?"

대기 중이던 비서가 곧바로 대답했다.

"사람이 몰리는 시간이라 늦어지는 것 같습니다."

"전쟁 중에도 사람이 몰려들다니……."

"전쟁도 전쟁 나름이지요. 승리가 확실하다면 오히려 돈을 벌 기회로 여길 것입니다."

페톰은 고개를 끄덕이다가 말했다.

"아무래도 안 되겠어. 재상부로 사람을 보내게. 오늘은 참석하지 못할 것 같다고."

페톰의 명령을 받은 비서가 자리를 비우는 순간, 기다리던 손님이 경매소에 도착했다.

페톰은 바짝 긴장했다.

황제의 심복이 아네스까지 찾아오는 이유가 무엇인지를 알 수 없었기 때문이다.

또한 페톰이 기억하는 마티엔이라는 인물은 대단히 어려웠다.

나이가 지긋해서가 아니다. 정확히 꼬집어 말하긴 어려웠으나 막연히 어렵고 불편했다.

굳이 설명해 보자면 수습 기사로서 근위 기사단 단장인 알베스를 마주한 것과 같은 착각을 불러일으켰다.

"어서 오십시오."

마티엔은 아름답게 꾸며진 경매소를 살피고서 페톰의 인사를 받았다.

"만나서 반갑네."

페톰은 마티엔이 경매소를 바라본 것이 괜스레 신경 쓰였다.

대귀족의 저택과 비교해도 부족하지 않을 화려한 경매소를 보고서 무엇이라 생각했을까?

황제의 재산을 이용해 사치를 누린다고 여길까?

이런저런 생각들이 머릿속을 스쳐 지나갔지만 페톰은 내색하지 않았다.

"안으로 들어가시죠. 먼 길을 급히 오시느라 식사도 제대로 못 하셨을 텐데요."

"급히 오긴 했지만 큰 고생은 없었네. 식사는 됐고, 따뜻한 음료나 준비해 주게나."

페톰은 마티엔과 함께 경매소 안으로 들어갔다.

"상인과 귀족을 상대로 경매가 이루어지는 편이라 경매소가 대단히 화려한 편입니다."

마티엔은 특별한 대답 없이 고개만 끄덕였다.

'무슨 생각을 저리 하지?'

페톰은 앞장서 걸어가면서도 마티엔을 힐끔힐끔 돌아보았다.

'정말 감사를 하나?'

기네스를 통해 나무노래성 관리관이 황제의 명을 받고 경매소를 찾을 것이란 소식을 전달받았다.

경매소를 방문하는 이유가 무엇인지 물었지만 기네스는 모르겠다며 어깨를 으쓱해 보였었다.

'경매소에 관해서는 딱히 거리낄 것이 없긴 하지만…….'

페톰은 경매소를 운영함에 있어서 한 점 부끄러움이 없었다.

경매소를 시작할 때, 몇몇 유력 귀족들에게 뇌물을 제공한 적이 있긴 하지만 장부에 상세히 기록해 놓았다.

'재상부에서 일하는 건 뭐라 말을 해야 하지?'

페톰에게 걱정거리가 있다면 수석 서기관으로 일하고 있다는 것이다.

재상을 지척에서 보좌하는 만큼 은밀한 정보를 빼낼 수 있다는 장점이 있기는 했지만 이중 첩자로 오해받을 수도 있다는 것이 문제다.

페톰은 소장 접견실에 자리를 잡자 곧바로 마티엔에게 물었다.

"이곳까지는 어인 일이십니까?"

마티엔은 곧바로 입을 열었지만 페톰에게는 한없이 느리게 느껴졌다.

"만나야 할 사람들이 있어서 찾아왔네."

페톰은 속으로 크게 안도했지만 긴장은 늦추지 않았다.

"손님이 오시는 모양이군요. 경매소에 파티장이 마련되어 있습니다. 언제 얼마만큼 오는지만 알려 주신다면 준비해 놓겠습니다."

마티엔이 머리를 흔들었다.

"파티장은 무슨. 손님이 언제 찾아올지도 모르고, 파티를 열 만큼 대단한 것도 아니네. 그저 누군가 찾아와 백발 할아버지에 대해서 물으면 나에게 안내를 해 주는 것만으로 충분해."

마티엔의 모습을 간결하게 설명하자면 '백발 할아버지'만큼 확실한 것이 없어 보였다.

"조용한 곳을 마련해 드려야겠군요."

"그러면 더욱 좋지."

"알겠습니다. 경매소 건물 뒤로 넘어가면 한적하게 머물기에 좋은 곳이 있습니다. 그곳을 내드리지요."

"그리고."

마티엔의 방문이 경매소 감사와는 전혀 관련이 없다고 여기고 안심하던 페톰은 '그리고'라는 말에 등골이 서늘해짐을 느꼈다.

"경매소 입구에 이 문양을 큰 종이에 그려서 부착할 수 있겠나?"

마티엔이 품속에서 한 손에 들어갈 정도로 작은 종이 한 장을 꺼내어 내밀었다.

페톰은 다시 안도함과 동시에 짜증이 치밀어 올랐다.

'내가 무슨 수를 써서라도 때려치운다.'

수석 서기관으로 일하면 출세는 따 놓은 당상일 것이나 지금 자신은 황제를 섬기는 중이었다. 그리고 무엇보다 형제나 다름이 없는 로인이 황제에게 충성을 다하고 있었다.

로인이 황제를 떠난다면 수석 서기관으로 일하는 것을 진지하게 고민할 것이나, 그렇지 않으면 언제까지고 황제를 섬길 것이다.

'그 능구렁이도 불편하고.'

타밀의 얼굴을 떠올리며 마티엔이 내민 종이를 확인해 보았다.

페톰의 입에서 탄성이 흘러나왔다.

"정확히 무슨 문양인지는 모르겠지만 매우 멋있군요. 종이에 그려서 붙일 것이 아니라 아예 조각품을 만들어 경매소 입구에 놓아두면 어떨까요?"

마티엔은 잠시 머뭇거리긴 했지만 이내 고개를 끄덕였다.

"상관없네. 어떤 식으로든 문양만 확인할 수 있으면 되니까."

"이왕 만드는 것이라면 조각품도 만들고 경매소 출입문에도 새겨 놓아야겠습니다. 마침 경매소를 상징하는 문양이 없어서 고민이었는데, 마티엔 님 덕분에 해결되었군요."

페톰의 환한 웃음에 마티엔도 미소로 화답해 주었다.

"자네에게 도움이 되었다면 나도 기쁘군. 다만 나중에 무르기 없기네."

"무르다니요?"

"이 문양을 사용하지 않겠다고 말하지 말란 말일세."

페톰이 의심스럽게 물었다.

"부정적인 의미입니까?"

"그럴 리가 있나. 절대 그렇지 않네."

"그렇다면 상관없습니다. 그것보다 아네스에 얼마나 머무르실 계획입니까?"

"이틀 후에 코렌스로 복귀할 것이네. 내가 복귀한 후에 손님이 찾아오면, 백발 할아버지는 코렌스에 있다고 알려 주면 되네."

"그리하겠습니다. 그리고 제가 한 가지 부탁을 드려도 되겠습니까?"

마티엔은 흔쾌히 받아들였다.

"얼마든지."

"아네스에서 큰 의미를 지닌 사건들이 터졌습니다."

마티엔은 페톰의 부탁이 무엇인지 곧바로 알아차렸다.

"자네 부탁이 무엇인지 알겠군. 아네스의 사정을 폐하께 아뢰면 되는 것인가?"

"맞습니다."

"그런 건 부탁하지 않아도 내가 할 일일세. 마침 아네스의 사정이 궁금하기도 했고 말이야. 대충 소문을 듣기는 했지만 그래도 확실히 알아보는 것이 좋겠지."

"알고 계신다면 길게 설명할 필요가 없겠군요. 어디까지 알고 계십니까?"

"데로트 가문의 후계자 싸움이 첫째 파의 승리로 끝났다는 것 정도일 걸세. 아! 로강을 점령했다는 소문도 들었네."

"확실히 소문이 빠르군요."

"혹시나 했는데, 사실이었던 모양이군."

"맞긴 합니다만 아직 완전히 끝났다고 할 수는 없습니다."

"로강을 점령했음에도 끝나지 않았다니, 그게 무슨 말인가?"

“로강을 점령함으로써 둘째 파에 속해 있던 자들 중 대다수가 항복을 선언했다는 점으로 보자면 후계자 싸움이 끝났다고 볼 수 있겠죠. 다만.”

“다만?”

“둘째 파의 수장인 토텔을 잡지 못했습니다.”

“로강을 점령했는데도 토텔을 놓치다니. 뭔가 이상하군.”

“마티엔 님께서도 반란군이 토텔을 지원했다는 것을 알고 계실 겁니다.”

“알고 있네. 2만 명의 지원군을 보냈다고 했었지.”

“도린 재상은 5만의 병력을 동원하여 로강을 완전히 포위했습니다. 굳이 싸우기보다는 말려 죽일 작정이었습니다. 그러나 나흘 만에 퇴로를 열어 주어야 했습니다.”

“어째서 말인가?”

페톰은 마티엔에게 로강에서 있었던 일을 상세하게 설명했다.

인재 고민

익스는 저택 후원으로 들어선 셀비와 에쉬를 확인했다.

반가운 마음에 인사를 건네려 할 때였다.

"이봐, 네르한. 자네도 우리가 만든 배를 믿지 못하나?"

에쉬의 느닷없는 질문에 익스는 먼저 셀비에게 눈짓을 보냈다.

무슨 일이냐고 물었고, 셀비가 난감한 표정으로 고개를 조아렸다.

익스는 에쉬의 얼굴에서 분함과 짜증을 읽어 냈다.

무슨 일이 일어난 것인지는 모르겠지만 일단 에쉬를 달래주어야 할 것 같았다.

"노움분들이라면 무얼 만들든 간에 믿을 수 있죠. 무엇 때문에 그리 마음이 상하신 겁니까?"

"이번에 오기로 한 1선단이 예정보다 늦어진다고, 폭풍을 만나 침몰할 것을 걱정을 하더군. 나 참, 어이가 없어서. 우리가 그런 대비도 없이 배를 만들었을까. 나침반과 네르한의 조언으로 개량된 망원경은 물론이고, 네르한의 조언으로 설치한 마법 도구가 있다면 얼마든지 폭풍을 피할 수 있는데 말이야."

익스는 에쉬의 말을 듣고서야 1선단을 떠올렸다.

'그걸 잊고 있었네.'

흑마법사, 남부 코렌스 영주들, 산적 토벌, 데로트 가문의 후계자 다툼까지, 묵직한 사건들이 연이어 터진 탓이었다.

"확실히 도착할 때가 지나긴 한 것 같군요. 무슨 일이 일어난 것일까요?"

"자네도 우릴 믿지 못하는 건가?"

"당연히 믿죠. 단지 왜 늦어지는지 이유가 궁금할 뿐입니다."

"늦는 이유야 뻔하지. 출발할 적에 늦장을 부렸다거나 폭풍을 발견하고 돌아오는 중이라서 그렇겠지."

에쉬의 말에 고개를 끄덕인 익스가 시선을 돌려 셀비에게 물었다.

"1선단 이야기를 꺼낸 이유가 뭔가?"

"모락 대장이 설리반이 오지 않은 이유를 물었고, 1선단이 늦어져 혹시 모를 일을 대비해 마을에서 대기 중이란 걸 알려 주면서 일어난 일입니다.”

설리반이 요새로 오지 않았다는 것은 근위병을 통해 전달받은 상태였다.

설리반이 오지 않은 것이 아쉽긴 하지만 예정보다 늦어진 1선단 때문이라면 어쩔 수 없는 일이다.

“설리반 놈도 그렇고 하여간 인간들은 믿음이 없어, 믿음이. 도대체 뭐가 걱정된다는 거야? 그런 걱정 할 시간에 차라리 잠이나 자빠져 잘 것이지.”

에쉬의 자존심이 제대로 상처 입은 모양이다.

익스는 배 이야기를 꺼내 봐야 좋을 것이 없다고 여겼다.

그리고 에쉬의 마음을 풀어 줄 생각으로 재빨리 셀비에게 물었다.

“그물 마을에 새롭게 만들어진 벽돌 화덕에 화염방사기를 설치한 것으로 알고 있는데 어떻던가?”

화염방사기는 무기가 아니라 말 그대로 불을 뿜어내는 도구였다.

여기서 끝이 아니다.

도구 앞에 단어 하나가 더 붙어야 한다.

마법이라는 단어가 말이다.

마법 화염방사기는 익스의 제안에 마티엔과 노움이 만들어 낸 것이었다.

익스는 제법 시간이 걸릴 것이라 여겼지만 불을 뿜어내는 마법진 제작은 그리 어려운 일이 아니었다.

마티엔의 말에 따르면 원소 마법에 속하는 물, 불, 공기, 흙을 활용하는 마법진은 이미 정립되어 있다는 것.

정립된 마법진을 마나어로 새롭게 수정만 거치면 되는 것이다.

화염방사기 마법 회로를 만들어 온 것이 바로 노움이었다.

에쉬가 마티엔에게 건넨 마법 회로 중의 하나가 화염방사기 마법 회로였다.

벽돌 화덕을 돌리기 위해 사용되는 나무가 상당한 양이었고, 나무를 구하는 것에도 당연히 많은 인력이 필요했다.

가뜩이나 인력이 부족한 코렌스가 아니던가.

이에 대한 대책으로 마법 화염방사기가 만들어졌고, 새로운 그물 마을에 조성된 벽돌 화덕에 시범적으로 설치해 사용하는 중이었다.

"매주 만족스럽습니다. 나무를 할 필요가 없는지라 인력도 아낄 수 있고요."

셀비는 익스의 의도를 눈치채고 폭풍 칭찬에 들어갔다.

처음 만들어진 화염방사기였기에 단점이 존재하긴 했지만 굳이 언급지 않았다.

"시범적으로 만든 것이 아무런 탈 없이 돌아간단 말이지?"

"그렇습니다. 그 덕분에 마을도 빠르게 건설할 수 있었습니다. 여러모로 많은 도움을 받게 된 것이죠."

에쉬의 입술 끝이 씰룩거렸다.

셀비에서 익스로 이어지는 칭찬 릴레이에, 상처 났던 자존심이 어느 정도 회복된 모양이다.

익스는 에쉬의 마음이 어느 정도 풀어졌다는 것을 눈치챘다.

'여기서 멈춰선 안 되지.'

화제를 바꿀 필요가 있었다.

상처 입은 자존심을 떠올리지도 못할 충격적인 이야기로 말이다.

마침 적당한 것이 있었다.

설리반도 함께했다면 좋겠지만 에쉬만으로 충분했다.

"조만간 요정 마을의 관리관은 교체할 생각입니다."

익스의 말에 에쉬가 당황한다.

"오해하지 말게. 내가 녀석을 흉보긴 했지만 능력을 의심해서가 아니야."

"당연히 알고 있죠. 설리반의 능력이 뛰어남을 알기에 더욱 큰일을 맡기려는 것입니다."

"쫓겨나는 것이 아니라면 다행이긴 한데. 그러면 새로운 관리관은 누군가?"

"그건 요정족들이 논의해 결정해 주셨으면 합니다."

"우리의 의사를 물어보는 것은 고마운 일이지만 우리가 아는 인간이라고는 얼마 되지 않아. 뭘 알아야 추천을 하지. 자네가 알아서 좋은 인간으로 뽑아 주게."

"사람이 부족하긴 코렌스도 마찬가지입니다."

에쉬가 난감한 표정을 지었다.

"우리가 뭘 알아야 괜찮은 인간을 뽑지."

"마을 관리관이 꼭 인간일 필요는 없지 않겠습니까?"

에쉬는 물론이고 셀비까지 크게 놀라는 것을 확인한 익스가 말을 이어 나갔다.

"요정 마을은 요정족의 터전이 되었습니다. 요정족들이 살아가는 곳이라면 요정족이 관리하는 것이 맞지 않을까 싶은데요."

에쉬가 믿기지 않는 표정으로 물었다.

"마을을 우리에게 온전히 넘기겠다는 건가?"

"마을을 넘길 순 없죠. 그저 설리반을 대신하여 마을을 다스려 달라는 말입니다."

"그게 그거 아닌가?"

"다르죠. 마을 관리관은 저에게 정기적으로 마을에 대한 보고서를 작성해서 올려야 합니다. 일정 이상의 일은 저에게 허락을 받고 진행시켜야 하고요."

"이해했네. 우리로 치자면 수석 대장로와 장로의 관계로군. 그래도 놀라운 일이야. 우리 요정족을 인간들의 장로로 받아 준다는 것이 아닌가."

"그렇다고 볼 수 있겠죠."

에쉬가 다시 한번 물었다.

"설리반이 꼭 자리를 옮겨야 하는 건가?"

"그래야 할 상황입니다."

"아쉽군. 그 녀석이 딱 좋긴 한데. 그래도 부담스럽군. 우린 인간이 마을을 관리해도 딱히 상관없네."

"그게 그리 간단한 문제가 아닙니다. 코렌스에 있는 인간들 중에서 설리반만큼이나 요정족에 대해서 잘 알고 있는 이가 있을까요? 아무리 뛰어난 인간이라 할지라도 요정족을 완벽하게 이해할 수는 없습니다. 당연히 크고 작은 문제가 발생하겠죠. 처음엔 웃어넘길 수 있겠지만 문제가 반복되다 보면 불만이 생길 수밖에 없습니다."

"네르한의 우려가 괜한 것이 아니군. 확실히 우리가 직접 마을을 다스리는 것이 좋긴 하겠어."

"맞습니다. 요정 마을은 말 그대로 요정족의 마을이니까요."

"네르한의 뜻을 잘 알겠네. 일단 당장 확답을 줄 수는 없을 것 같아. 혼자 결정할 문제가 아닌 것 같아서 말이지."

"올해 안에만 결정 지어 주시면 됩니다."

"누가 괜찮으려나……."

에쉬가 장고에 들어갔다.

익스의 제안을 곰곰이 생각해 보는 것 같았다.

의도한 것은 아니지만 에쉬에게 볼일은 끝났다.

설리반이 왔다면 이야기가 더욱 길어졌을 테지만.

익스는 셀비에게 시선을 돌렸다.

"언제 출발할 것 같나?"

"준비는 끝난 상황입니다. 폐하께서 명을 내려 주시면 곧바로 출발 가능합니다."

"자네를 오래 잡아 둘 순 없겠군."

"급할 것이 무엇……."

셀비는 말을 잇지 못했다.

에쉬가 갑자기 손뼉을 치며 익스에게 질문을 던진 탓이다.

"맞다! 자네가 위험하다고 들었는데, 어떻게 된 일이지?"

셀비를 빨리 보내 줄 생각이었는데, 아무래도 셀비의 기다림은 더욱 길어질 것 같았다.

"그 얘기도 들으셨군요."

에쉬에게 데로트 가문의 후계자 싸움과 가짜 황제에 대해 이야기해 봐야, 이해하지 못할 것이다.

익스는 마티엔이 백마법사이고 자신이 그를 데리고 있어 흑마법사들이 자신을 죽이려 드는 것이라 설명했다.

"흑마법사라고 한다면 저주, 독, 악마 소환을 하는 놈들이겠지?"

"맞습니다."

"고블린 같은 놈들이군. 그렇다면 호빗에게 도움을 요청하게."

"호빗에게요?"

"그놈들이 지니고 있는 항마력이 어마어마하거든. 특히 흑마법에 효과적이지."

익스로서도 금시초문이었다.

"항마력이 있더라도 흑마법사들은 단순히 마법만 쓰는 자들이 아닙니다. 목숨이 오가는 전투가 벌어질 수도 있을 텐데요."

"호빗에 대해서 잘 모르는군. 나중에 녀석들을 데려와서 사정을 설명해 봐. 알아서 나서 줄 테니까. 내가 아무리 말해 봐야 믿을 수 없을 테니, 호빗들을 불러서 직접 확인해 보게."

이 말을 끝으로 에쉬가 의자에 몸을 편히 기댔다.

이젠 끼어들지 않겠다는 표현 같았다.

익스는 에쉬가 끼어들기 전에 얼른 이야기를 마칠 생각으로 재빨리 셀비에게 말했다.

"짐이 자넬 부른 이유는 티나 관리관을 잘 챙겨 달라는 뜻도 있지만 부탁할 것이 있기 때문일세."

셀비도 에쉬가 신경 쓰였었는지 곧바로 대답했다.

"하명하시지요."

"혹시 말이야, 코렌스에 데려올 만한 사람은 없는가?"

셀비는 익스가 어째서 사람을 원하는지 눈치챘다.

산적 토벌이 완료된 만큼 채석장과 돌가루 마을을 가동시켜야 했다.

그러자면 관리관 정도의 인물이 있어야 하는 것이다.

셀비는 생각에 잠겼다.

황제의 마음에 들려면 일단 능력이 있어야 한다.

뿐만 아니라 코렌스의 특수성을 감안해 보수적인 인물보다는 개방적이고 편견이 없는 자가 필요했다.

거기에 더불어 황제에 대한 충성심도 필요했다.

셀비의 표정은 어두워질 수밖에 없었다.

"폐하께서 원하시는 인재라면 관리관에 적합한 자일 것이나 마땅히 생각나는 자가 없습니다. 송구하옵니다."

익스는 실망치 않았다.

셀비의 발이 아무리 넓어도 멕신과 같은 인재를 더 알고 있다는 것은 불가능한 일이었으니까.

무엇보다 셀비에게 부탁하려고 했던 것은 이것만이 아니었다.

"짐이 찾고자 하는 이들이 있는데 그들을 찾아 줄 수 있겠나? 모두 서부 지역에 있는 자들일 것이야."

"서부 지역이라면 가능할 것 같습니다. 소신과 상단을 운영했던 자들이 있으니, 그들에게 적당한 대가를 지불한다면 어렵지 않게 찾아낼 것입니다."

익스는 적어 두었던 종이를 셀비에게 건넸다.

셀비가 받아 든 종이는 모두 다섯 장이다.

"5명일세. 그중 2명은 이름밖에 몰라."

"최대한 빨리 움직이도록 하겠습니다."

에쉬가 손을 들고 끼어들었다.

"듣자 하니 마을을 관리할 사람이 필요한 모양인데, 맞나?"

역시나 가만있지 못하는 에쉬였다. 그나마 다행스러운 점은 셀비에게 전할 말이 더 이상 없다는 점일 것이다.

"그렇습니다. 새 바위 마을과 비슷한 규모의 마을을 관리할 사람이 필요합니다."

"내가 추천할 수 있을 것 같은데."

"코렌스의 인간들이 이종족에게 친밀함을 느끼고 있긴 하지만 관리까지 용납할지는 모르겠습니다."

에쉬가 주먹으로 셀비의 팔뚝을 때렸다.

"이놈아, 내가 그것조차 생각지 않았을까 봐."

익스가 재촉했다.

"누굽니까?"

"설리반을 대신할 자를 고민하다가 떠오른 것이 있어서 말일세. 잘 생각해 보게. 설리반은 요정 대륙 출신이 아닌가. 요정 대륙엔 요정족만 있는 것이 아니란 말일세."

익스는 탄성을 내뱉었다.

어찌 그것을 잊고 있었단 말인가.

에쉬가 오늘 중요한 사실을 일깨워 주었다.

그리고 남부 지역으로 내려간 기네스는 목적지에 도착했다.

멋진 호위대

설리반은 그물 마을 앞바다에 모습을 드러낸 거대한 배를 보고서 안도의 한숨을 내쉬었다.

"휴우."

예정보다 20일가량 늦어진 도착이었다.

1선단이 늦어짐에 따라 그물 마을의 분위기가 무겁게 가라앉았다.

큰 바다를 건너다 보면 예기치 못한 일이 발생하고, 그로 인해 도착 시간이 늦어지는 경우는 흔히 있는 일이었다.

그물 마을에 자리 잡은 이종족들도 이러한 점을 잘 알고 있었다.

희망호를 타고 바다를 건너왔으니까.

이것이 문제였다.

인간이든 이종족이든 사람이란 자고로 자신의 경험에 기초하여 모든 것을 판단하고 해석하려고 한다.

희망호를 타고 바다를 건너는 자들은 짧게는 하루, 길게는 나흘 정도 지체되었다.

그뿐이랴.

날씨까지 좋고 순풍을 받아서 예정보다 하루 빨리 도착한 경우도 있었다.

그런데 예정일에서 20일이 지났음에도 배가 도착하지 않았다?

누구도 경험해 보지 못한 일이 발생한 것이다.

걱정과 두려움이 스멀스멀 피어오르는 것은 자연스러운 일이었다.

요정 마을의 무거운 분위기를 주도하는 것은 하이오크였다.

그도 그럴 것이 요정 마을에 거주하는 이들 중에서 3분의 2가 하이오크였고, 1선단을 타고 바다를 건너는 자들도 대다수가 하이오크였다.

1선단에 문제가 발생한다면 가장 큰 피해를 입게 되는 것이 누구이겠는가.

무엇보다 요정 마을로 넘어온 하이오크는 여성, 아이, 노년에 접어든 이들이었다.

여성과 늙은 하이오크들은 일이 끝나기 무섭게 해변에 앉아 바다를 살폈다.

그들은 해변에 모여 앉아 서로 대화를 나누었다.

"괜찮겠지?"

"괜찮아야 할 텐데."

"튼튼한 배잖아. 큰일은 없을 거야."

"그래, 그래야지. 당연히 큰일은 없어야지."

설리반은 마을 관리관으로서 이를 두고만 볼 수 없었다.

하이오크의 걱정을 덜어 주어야 했다.

가장 좋은 방법은 1선단이 한시라도 빨리 도착하는 것이지만 이는 어찌할 수 없는 일이었다.

설리반은 곧바로 큼지막한 어선 10척으로 바다를 수색도록 했다.

어선이 크다 한들 어선일 뿐이다.

어선을 타고 마을 인근 바다를 아무리 살펴봐야 1선단을 발견할 순 없는 일이었다.

그럼에도 설리반이 어선을 내보내 바다를 살피도록 한 것은 불안에 떨고 있는 하이오크를 달래기 위함이었다.

설리반의 조치는 여기서 그치지 않았다.

1선단이 침몰하였을 때를 대비한 수색대를 조직하고, 훈련까지 진행시켜 나갔다.

이 일은 생각지도 못한 부작용을 낳았다.

에쉬가 관리관실 문을 차고 들어와 자신들이 만든 배를 믿지 못하느냐고 소리친 것이다.

설리반은 이유를 설명하려고 했으나, 에쉬는 변명 같은 것은 듣고 싶지 않다며 그물 마을로 떠나 버렸다.

설리반으로서는 한숨이 터져 나올 수밖에 없었다.

그물 마을을 들러 하늘 길 요새로 가야 하는 것은 설리반도 마찬가지였지만 미루어야만 했다.

뭐가 되었든 마을 사람들이 혼란에 빠지지 않고 안정을 찾게 하는 것이 관리관의 임무 중 하나였으니까.

설리반은 1선단이 침몰했을 가능성을 낮게 보고 있었다.

불운에 불운이 겹치지 않고서는 일어날 수 없는 일이었기 때문이다.

그러나 이것을, 1선단이 침몰하지 않을 이유를 백날 설명해 봐야 소용이 없었다.

그저 약간의 위안이 되어 줄 뿐이었다.

가장 확실한 방법은 아까 언급했던 것처럼 1선단이 별다른 탈 없이 모습을 드러내는 것뿐이었다.

'도대체 왜 이리 늦은 거야?'

1선단이 모습을 드러내기 전까지만 하더라도 무사히 도착해 달라 기도했던 설리반이다.

그러나 1선단이 눈에 들어오자 괜스레 화가 치밀어 올랐다.

20일 가까이 전전긍긍했던 것이 억울했던 모양이다.

"우와! 드디어 도착했어."

"배가 멀쩡하잖아."

"무사히 도착했다!"

부두엔 하이오크를 비롯해 노움과 호빗, 인간이 일부 모여 있었다.

그들은 1선단이 무사히 도착하자 안도의 한숨과 함께 환호성을 터트렸다.

걱정과 불안이 컸던 만큼 1선단의 무사함이 기뻤던 것이다.

아이를 안고 있는 여성 하이오크가 말했다.

"드디어 배가 왔어."

"엄마, 이모는 안전한 거야?"

"그럼. 저기 커다란 배 보이지? 저기에 이모가 타고 있을 거야."

늙은 하이오크들도 환하게 웃고 있었다.

"괜한 걱정을 한 것 같아."

"괜한 걱정이라니. 며느리와 손주들이 타고 있는 배가 아닌가. 당연히 걱정되지."

1선단이 부두에 가까워지자 부두 일꾼들이 몰려든 이들을 이동시켰다.

"배가 정박합니다. 물러나세요."

"자리를 내줘야 배에서 내릴 수 있습니다. 배에서 고생한 자들을 생각해서 얼른 자리를 비켜 주세요."

부두 일꾼들은 크게 둘로 나뉜다.

늙은 하이오크와 인간 장정이다.

비율로 보자면 전자가 7이고, 후자가 3 정도다.

늙은 하이오크와 인간 장정의 조합이 이상하게 여겨질 수도 있겠지만 의외로 합이 잘 맞았다.

인간 장정들은 늙었음에도 강인함을 잃지 않는 하이오크에게 감탄했고, 하이오크는 인간의 부지런함에 감탄했던 것이다.

서로가 이렇듯 존중하니 손발이 척척 맞아 들어갈 수밖에.

그들은 부두로 몰려든 사람들을 능숙하게 밀어내고 배가 정박하길 기다렸다.

배에 가득 실려 있을 짐을 떠올리고서는 저마다 몸을 풀기 시작했다.

첼가드는 경매소 운영 경비 내역서를 살피고 있었다.

'참 신기하단 말이지.'

그는 숫자라는 것을 사용할 때마다 감탄을 금치 못했다.

한눈에 경매소의 운영 경비 내역이 파악되었다.

'누가 만들었을까?'

내년이면 쉰에 접어드는 나이다.

제국에선 일반적으로 오십에 접어들면 죽음을 대비해 삶을 정리한다.

어릴 적 상단에서 일을 했고 나름 능력이 좋다는 평가를 받았던 첼가드였다.

첼가드가 페톰 소장에게 인정을 받아 비서로 일할 수 있게 된 것도 상단에서 수를 익혀 제법 능숙하게 다룰 수 있었기 때문이다.

상단을 운영함에 있어서 수는 꼭 필요했고 상단마다 각자의 방식으로 수를 표현했다.

100개의 상단이 있다면 적어도 50개 이상은 자신들만의 수 표현 방법을 고안해 낸다.

수 표현 방법이 우수할수록 발전된 상단이라는 것이 제국 상계의 일반적인 시각이다.

그렇기에 각자의 수 표현 방법을 철저하게 감춘다.

자신들만의 수 표현 방법을 가지지 못한 상단들은 제국 숫자라 불리는 것을 사용한다.

첼가드가 어릴 적 일했던 상단은 자신들만의 수 표현 방법을 고안해 냈다.

첼가드는 그것을 배워 임시 황도인 아네스에 자리 잡을 수 있었던 것이다.

'내가 알고 있는 것과 비교도 할 수 없어. 계산법도 남다르

고.'

자신의 방법으로 운영 경비 내역서를 작성하였다면 한 장이 아니라 최소 세 장이었을 것이다.

"어르신!"

경매사 중 하나가 첼가드의 비서실을 찾아왔다.

"무슨 일인데 그리 호들갑이냐?"

경매사가 뭐라 말을 했지만 제대로 들리지 않았다.

거친 숨으로 인해 무슨 말인지를 알아들을 수가 없었던 것이다.

"숨을 고른 다음에 차분히 말을 해라."

경매사는 숨을 정리하고서 다시 말했다.

"안쪽 저택에 머물고 계신 분을 찾는 사람이 왔습니다."

첼가드는 들고 있던 내역서를 내려놓았다.

"백발 할아버지를 찾았단 말이지?"

"그렇습니다. 백발 할아버지가 계시냐고 물었습니다."

"찾아온 사람이 누구더냐?"

"좀 특이합니다."

"특이하다니?"

"그걸 뭐라 말씀드려야 할지……."

"어려운 것을 묻더냐. 보이는 그대로 말해라."

"엄청 예쁩니다."

첼가드는 경매사의 대답에 한숨을 내뱉으며 속으로 다짐

했다.

혹독하게 교육을 다시 시켜야겠다고 말이다.

경매사로 일한다는 놈이 저리도 눈썰미가 없어서야.

설리반은 배에서 내리는 이들을 보고서 절로 입이 벌어졌다.

생각지도 못한 이들이 시야에 들어왔기 때문이다.

"오랜만이군."

늑대송곳니가 손을 흔들었다.

설리반에게 있어서 늑대송곳니의 등장은 그리 놀라운 일은 아니었다.

4각 동맹을 주도했던 만큼 늑대송곳니가 요정 마을을 다시 찾아오는 것은 충분히 예상 가능했으니까.

언제 올 것이냐가 문제였을 뿐이다.

무엇보다 오크와의 전쟁에서 연전연승을 거듭하고 있음을 희망호를 통해 전달받았다.

설리반을 놀라게 한 것은 늑대송곳니 뒤에 모여 있는 이들이었다.

저들과 요정 마을에서 마주할 거라고는 상상하지 못했다.

사나운도끼로 대표되는 검은 깃털 부족의 원로 대전사들이 아닌가.

무려 12명이다.

설리반이 알고 있는 원로 대전사가 12명이었으니까, 하이오크 원로 대전사가 모조리 요정 마을로 넘어온 것이다.

그들이 어떻게 그물 마을에 올 수 있단 말인가.

늑대송곳니 뒤에 있던 사나운도끼가 웃으며 말했다.

"저 녀석이 크게 놀란 모양이군."

"놀랄 만한 일이긴 합니다. 전쟁이 한창이기도 하고, 4각 동맹을 맺을 당시에 저놈에게 한탄을 좀 했거든요. 원로들께서 동맹을 크게 반길 것 같지 않다고 말입니다."

"족장, 도대체 언제까지 우릴 부끄럽게 만들 생각인가?"

사나운도끼가 곤욕스러운 표정으로 말했지만 늑대송곳니는 물러날 생각이 없었다.

"제가 떠나기 전까진 계속해야 할 것 같습니다. 제가 당한 것이 있지 않습니까."

"끙~ 반박을 못 하겠군."

설리반은 늑대송곳니, 사나운도끼 그리고 11명의 장로들의 얼굴을 수차례 확인하고 나서야 벌어진 입을 다물었다.

입을 오랫동안 벌린 탓에 입안이 바짝 말라 있었다.

설리반은 침으로 입안을 적시고 물었다.

"다들 이곳까지 어쩐 일이십니까?"

늑대송곳니가 대신 대답해 주었다.

"어쩐 일은. 네르한을 만나러 왔지."

"원로들께서도 말인가?"

"저분들은 목적이 다르지."

"다르다니?"

"이주하시는 거지."

"되지도 않는 소릴 잘도 지껄인다. 그게 말이 된다고 생각해? 원로분들이 전쟁 중에 무슨 이주를 해? 괜한 소리 말고 사실대로 말해라."

사나운도끼가 나섰다.

"이젠 원로가 아닐세. 은퇴했거든."

그럼에도 설리반은 미심쩍어하는 눈길을 거두지 않았다.

"원로분들께서 전부 은퇴를 하셨단 말입니까?"

사나운도끼는 물론이고 11명의 원로들이 동시에 고개를 끄덕였다.

"세상에……."

은퇴라니.

저들은 나이만 들었을 뿐이다.

원로 대전사들의 힘은 여전히 강력했다.

맨손으로 사나운 맹수를 찢어 죽일 수 있는 자들인데.

그런 자들이 무슨 은퇴를 한단 말인가.

맹수뿐만이 아니라 당장 손에 도끼와 방패만 쥐여 주면 수백의 병사들을 쪼개 버리고도 남을 정도로 강력한 무력을 지니고 있었다.

설리반이 믿을 수 없다는 눈빛을 하자 늑대송곳니가 다시 확인시켜 주었다.

"사실이야. 모두 은퇴하셨어."

"그러니까, 은퇴를 하시고 여기서 일을 하시겠다고?"

"그렇지."

"좋아. 은퇴는 할 수 있지. 나이를 생각한다면 이상한 일은 아니니까. 그런데 저분들을 공사장에 쓰란 말이야? 그건 재능 낭비야. 그냥 전쟁에 투입하는 것이 낫겠다."

"재능 낭비가 되지 않도록 하면 되지."

"답답하네. 여기에 있는 게 재능 낭비라고."

"그렇지 않을걸. 재능을 펼칠 곳이 있거든."

"도대체 뭘 어쩌겠다는 건데?"

"은퇴하신 원로분들이 네르한을 보호할 생각이셔. 일종의 호위대지. 하이오크 대전사 출신으로 이루어진 호위대. 멋지지 않아?"

늑대송곳니의 대답에 설리반의 머릿속이 하얗게 물들었다.

설리반은 두 손으로 머리를 쥐어뜯었다.

'이 미친 것들아!'

코렌스에 있는 이종족을 숨기기 위해 하늘 길 요새를 틀어막고 있는 상태였다.

오죽하면 데로트 가문에서 보내는 지원 물품을 하늘산맥 동쪽 아래까지 내려가 받아 올 정도이겠는가.

이런 와중에 황제의 호위대가 되겠다니.

"기가 막힌 생각이지?"

설리반은 진심으로 늑대송곳니의 주둥아리를 찢어 버리고 싶었다.

거짓말은 아니다

기네스는 장작 하나를 들어 벽난로 안으로 던졌다.

마른 장작이 탁탁탁 소리를 내며 불이 붙었다.

화력이 올라가자 방 안의 온도가 더욱 올라간 것 같았다.

모처럼 찾아온 남부 지역이었기에 남는 시간 동안 관광을 즐길 수도 있겠지만 기네스는 눈꽃산맥을 들어서고 나서는 그런 생각을 깨끗이 지워 버렸다.

"여기서 어떻게 살지?"

추위에 익숙하지 않은 기네스로선 남부 지역은 그야말로 얼음 지옥이었다.

기네스가 남부 지역의 추위를 향해 있는 욕 없는 욕을 내뱉을 적에 손님이 찾아왔다.

태양 신 교단 소속의 청년 신관이었다.

방 안으로 들어선 청년 신관은 얼굴로 전해지는 후끈거리는 열기에 놀라긴 했으나 이내 이해한다는 표정을 지었다.

외부인에게 있어 남부 지역의 추위는 견디기 어려운 것이었으니까.

청년 신관은 기네스를 향해 정중히 인사를 올리고 품에서 종이봉투를 내밀었다.

"아담 주교께서 보내신 서신입니다."

기네스는 공손히 종이봉투를 받았다.

"전달해 주셔서 감사합니다."

"아담 주교께서 말씀하시길 현재 대주교님께서 전해 주신 제안을 심사숙고 중이고, 나흘 후에는 답변을 드릴 수 있을 것이라 말씀하셨습니다."

기네스의 얼굴이 밝아졌다.

"나흘 후에 답변을 주신다면 제가 대신전으로 찾아가면 되는 겁니까?"

"네. 나흘 후 오전 중으로 대신전을 방문해 주시면 될 것 같습니다."

"늦지 않도록 하겠습니다."

"만약 일정에 변화가 생긴다면 다시 찾아뵙고 알려 드리겠습니다. 혹시라도 필요하신 것이 있다면 대신전을 방문하셔서 노리스 신관을 찾아 주시면 됩니다."

"노리스 신관이라면?"

"제가 바로 노리스입니다."

기네스가 노리스를 향해 고개를 숙였다.

"잘 부탁드립니다."

"다음에 뵙도록 하겠습니다."

노리스 신관이 떠나자 기네스는 종이봉투를 열어 아담 주교가 보낸 서신을 읽어 보았다.

"여기에 있었구나."

기네스는 두툼한 외투와 방한 장비를 챙겨 여관 밖으로 나갔다.

기네스는 옷깃을 잡아당겨 목을 감쌌다.

여관 출입문을 나서자마자 칼바람이 매섭게 품을 파고들었기 때문이다.

"지랄맞게 춥네."

제국 중부와 서부에서만 활동하던 기네스에게 있어서 추위란 외투만 챙겨 입으면 해결되는 일이었다.

제국 중부와 서부 지역에도 겨울은 존재했지만 익스에게 익숙한 날씨로 설명하자면 쌀쌀한 가을이었다.

기네스는 남부 지역이 춥다는 것을 알고 나름대로 만반의 준비를 갖추었다.

그런데 제국 남부 경계선이라 할 수 있는 눈꽃산맥으로 들어서는 순간부터 찾아온 추위는 기네스를 소스라치게 만들었다.

기네스는 입김을 내뱉어 보았다.

하얀 김이 연기처럼 피어올랐다.

하얗게 일어나는 입김을 보고 있자니 남부 지역으로 내려오던 여정이 떠올랐다.

그야말로 강행군의 연속이었다.

페톰에게는 느긋하게 움직일 것이라 말했지만 최대한 빨리 남부 지역을 방문하였다가 복귀할 생각이었다.

기네스의 복귀 장소는 아네스가 아닌 코렌스였다.

아네스가 아니라 코렌스로 향하는 이유는 황제의 약속 때문이었다.

남부 지역에 내려가 주어진 임무를 모두 완수한다면 무려 3개월간 휴가를 준다고 했다.

3개월이면 내년 초까지는 쉴 수 있다는 것이다.

황제의 배포는 여기서 끝이 아니었다.

남부 지역으로 내려가 세 가지 일을 모두 완수한다면 휴가비 겸 포상금으로 최대 30골드까지 지급할 것이라 했다.

일 하나당 10골드의 포상금이 걸려 있는 것이다.

30골드라니.

기네스가 30골드를 손에 쥐려면 최소한 30년은 한 푼도 쓰지 않고 모아야 했다.

페톰도 휴가와 여비를 챙겨 줄 것이라 했지만 정확히 기간과 금액을 정하진 않았다.

두루뭉술하게 얼버무렸을 뿐이다.

페톰이 아무리 날고뛰어도 황제와 같은 배포를 보여 줄 수는 없다.

무엇보다 황제의 제안은 무게감이 달랐다.

황제의 명으로 쉬게 된다면 누구도 방해하지 못할 테니까.

기네스는 아네스에서 나무노래성으로 달려갔던 것과 비슷한 방법으로 남부 지역을 향해 내달렸다.

도린의 직인이 선명하게 새겨진 가죽 문서를 내밀자 이전보다 더욱 큰 환대를 받았다.

도린이 데로트 가문의 후계자 다툼에서 승리함으로써 그 위세는 제국의 일인자와 다를 바 없었다.

황제를 섬기는 기네스로선 씁쓸했지만 어쨌든 도린의 위세는 대단히 유용했다.

기네스는 도린의 위세를 빌려 폭풍과 같이 남부 지역으로 내려왔다.

기네스는 장갑을 낀 손을 귀마개에 올리고서 시선을 아래로 향했다.

두툼한 털 장화가 보인다.

털외투, 털장갑, 귀마개, 털 장화로 이어지는 4단 콤보가 없었다면 기네스는 여관 밖으로 나올 생각도 하지 못했을 것이다.

"어째 이리도 춥냐."

기네스는 귀가 떨어져 나갈 정도로 추운 날씨에도 활발하게 움직이는 오틀라스의 백성들이 그저 신기할 따름이었다.

오틀라스.

오대 교단의 성지이자 남부 지역의 중심 도시다.

자유도시로 알려진 오틀라스에는 영주가 존재하지 않았다.

성주가 오틀라스의 대소사를 관장한다.

성주는 황제가 임명하지만 추천권은 오대 교단에 있다.

황제는 자신의 뜻대로 오틀라스의 성주를 임명하는 것이 아니라 오대 교단의 다섯 대주교가 추천한 인물들 중에서 하나를 선택해야 한다.

황제임에도 오틀라스에 관해선 제한된 선택권밖에 가지지 못한 것이다.

다섯 대주교의 권한은 여기서 그치지 않았다.

성주에 대한 감찰권은 물론이고, 해임권도 가지고 있다.

이러한 이유로 오틀라스의 대소사를 관장하는 성주라 할지라도 다섯 대주교의 눈치를 살펴야 했다.

오틀라스의 진정한 지배자는 다섯 대주교들이라 봐야 했다.

기네스는 다섯 대주교에 의해서 지배되는 오틀라스에 들어서자마자 태양 신 교단의 대신전을 찾았다.

우선 재상이자 사군 사령관 도린의 이름을 빌려 대주교에게 연락을 시도했다.

가능할까 싶었지만 제국의 실권을 쥐고 있는 도린의 이름은 강력한 영향력을 발휘했다.

문턱 높았던 태양 신 교단 대신전의 문이 활짝 열렸고, 인자함을 풍기는 주교가 모습을 드러냈다.

주교라면 미래에 대주교가 될 후보 중 하나였다. 태양 신 교단을 이끌어 가는 주축이라 할 수 있다.

이때 만난 주교가 바로 기네스에게 서신을 보낸 아담 주교였다.

기네스는 곧바로 아담 주교에게 황제의 칙서를 건넸다.

아담 주교는 크게 놀라긴 하였지만 예를 다해 황제의 칙서를 받아 들었다.

기네스가 답변을 듣고 오라는 황명을 받았다고 알리자 아담 주교는 시간을 달라 부탁했다.

황제의 칙서라면 함부로 결정할 수 없는 만큼 일주일 정도 시간을 내 달라고 요청한 것이다.

물론 더 빨리 연락할 수도 있다는 말도 이어졌다.

그리고 기네스에게는 오틀라스 중심부에 있는 고급 여관에 방을 마련해 주었다.

기네스는 물러나기 전에 아담 주교에게 용병단과 사람 하나를 찾아 달라 요청했다.

요청을 하면서도 과연 받아 줄까 싶었던 기네스였지만 의외로 아담 주교는 흔쾌히 고개를 끄덕여 주었다.

기네스가 받았던 서신은 바로 요청에 대한 답이었다.

“추위가 뇌도 얼리나?”

방을 나서기 전에 읽었던 내용이 떠오르질 않았다.

기네스는 품에 넣어 두었던 서신을 다시 확인해야 했다.

서신을 펼치자 쌍둥이 용병단이란 글자 밑으로 ‘막시’, ‘헤레로’라는 글자와 함께 간략한 지도가 그려져 있었다.

기네스는 지도를 확실하게 숙지하고, 차가운 공기를 뚫고 걸음을 옮겼다.

목적지는 오틀라스 남쪽에 위치한 상업 지구로, 주로 평민들이 이용하는 곳이다.

“눈사람 잡화점이라…….”

고개를 두리번거리던 기네스는 2층 건물에 매달린 나무 간판을 확인하고서 성큼성큼 걸음을 옮겼다.

기네스는 눈사람 잡화점 왼편 골목길로 들어갔다.

“두 번째 삼거리에서 오른쪽으로 돌면.”

나무로 만들어진 문 중앙에 쌍둥이 용병단 본부라 새겨 놓은 간판이 매달려 있었다.

기네스는 주먹으로 문을 두드렸다.

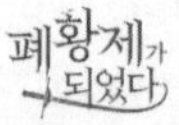

잠시 후, 문이 반쯤 열리고선 앳되어 보이는 청년이 고개를 내밀었다.

"어떻게 오셨나요?"

"용병단을 찾아왔소. 문 앞에 쌍둥이 용병단 본부라고 적혀 있던데, 용병단이 맞소?"

앳되어 보이는 청년의 얼굴이 크게 밝아지더니 이내 문이 활짝 열렸다.

"손님이셨구나. 진작 말씀을 하시지. 어서 들어오세요."

기네스는 '실례하겠소.'라는 말과 함께 안쪽으로 걸음을 옮겼다.

용병단 본부라 적혀 있었지만 실상은 일반 가정집이었다.

허름하진 않았지만 그렇다고 부유해 보이지도 않았다.

그야말로 평범한 백성들의 가정집이었다.

앳된 청년이 소리쳤다.

"헤레로! 헤레로! 어서 나와 봐."

기네스는 쌍둥이 용병단의 주인이 막시와 헤레로라는 것을 이미 알고 있었다.

그렇다면 헤레로를 부르고 있는 이 청년의 이름은 막시일 것이다.

"뭐 하고 있는 거야! 당장 나오라니까. 손님이 왔단 말이야. 어서 나와!"

잠시 후 막시와 똑같이 생긴 청년이 모습을 드러냈다.

용병단 이름에서 알 수 있듯이 막시와 헤레로는 쌍둥이였다.

"뭔 소리를 하는 거야! 손님이 어떻……."

헤레로는 기네스를 확인하고서 입을 닫고 눈을 찌푸렸다.

막시는 헤레로의 행동을 지적했다.

"표정이 왜 그래. 어서 풀지 못해?"

헤레로는 찌푸린 눈을 풀지 않고 기네스에게 물었다.

"어떻게 오신 겁니까?"

"용병단을 찾아온 이유가 무엇이겠소. 고용하려고 찾아온 것이지."

막시는 기네스에게 급히 사과했다.

"죄송합니다. 이놈이 미쳤는지 자꾸 이상한 짓을 하네요. 원래 이런 놈이 아닌데. 아무래도 잠이 덜 깬 모양이에요."

헤레로가 막시의 어깨를 잡아끌었다.

"그만해."

"그만하긴 뭘 그만해! 첫 손님이라고."

"아직 등록증을 받지 못했단 말이야."

"신청서를 낸 게 한 달 전이야. 그리고 너도 나왔다고 했잖아!"

헤레로가 미안한 표정으로 말했다.

"사실은 일이 좀 있어서 닷새 전에 냈어."

오틀라스에서 용병단 등록은 보통 15~20일 정도 걸리는 것이 일반적이다.

막시가 헤레로를 매섭게 노려보았다.

"헐, 여태껏 손님이 없었던 이유가 있었네."

"크흠~ 그게 중요한 게 아니잖아. 저자가 이상한 거라고. 그 애기는 나중에 하자."

헤레로는 막시를 뒤로 밀어내고 기네스를 의심스러운 눈초리로 바라보았다.

"도대체 용병단으로 등록되지도 않은 우릴 어떻게 알고 찾아온 겁니까?"

기네스도 당황스럽긴 마찬가지였다.

도대체 황제는 등록도 되지 않은 용병단 이름을 어찌 알았단 말인가.

놀라운 것은, 용병단의 주인 이름까지 정확히 알고 있었다.

황제에게 신의 축복이 내려졌다는 소문을 듣긴 했지만.

'태양 신의 후예라고 하더니 정말인가 보네. 일단 여기에 집중하자.'

쌍둥이들의 경계심이 높다는 것을 확인한 기네스는 일단 저들부터 진정시키기로 했다.

"태양 신 교단 대신전에서 알려 주어 찾아왔소."

"등록증을 받지 못한 용병단을 태양 신 교단 대신전에서 어찌 소개시켜 준단 말이오!"

기네스는 당당히 소리쳤다.

"못 믿겠으면 대신전에 가서 같이 물어봅시다. 난 분명 그들이 알려 주어 찾아온 것이오."

막시가 헤레로에게 말했다.

"대신전이라면 알 수도 있을 것 같은데."

기네스가 직접 문을 열었다.

"여기서 이럴 것이 아니라 같이 대신전으로 갑시다. 대신전에 가서 쌍둥이 용병단 위치를 알려 주신 것이 맞냐고 물으면 될 것 아니오?"

기네스는 거짓말하는 것이 아니었다.

용병단의 위치를 그들이 찾아서 알려 준 것은 분명한 사실이니까.

기네스가 햇병아리 용병들을 상대로 사기를…… 그게 아니고 제한적인 진실만 알려 주고 있을 때, 익스는 시스템 메시지를 보고 크게 당황하고 있었다.

마법 공학의 탄생

셀비가 티나와 비전투 인원으로 선발된 자들을 이끌고 그물 마을로 왔다.

에쉬의 경우엔 네르한의 위기를 모른 척할 수 없다며 요새에 남았다.

에쉬가 요새에 남을 것이라 밝히자 모락과 요새에 배치된 대장장이들이 크게 반겼다.

모락은 에쉬에게 요새를 효과적으로 관리할 방법을 물었고, 대장장이들은 자기들이 만든 무기와 방어구를 내밀어 점검을 요청했다.

에쉬가 모습을 드러내면 대장장이들은 물론이고 온갖 기술자들이 달라붙었다.

모락과 함께 요새의 성벽을 살피던 익스가 중얼거렸다.

“저 정도면 아이돌인데.”

“아이돌이 무엇인지요?”

모락의 물음에 익스가 손을 휘저으며 말했다.

“혼잣말일세.”

익스는 걱정스럽게 에쉬를 바라보았다.

지금은 담담히 받아들이고 있지만 과연 얼마나 갈까 싶었다.

익스는 에쉬에게 저택으로 피신할 것을 권유했지만 기술자들의 열망을 무시할 수 없다며 거부했다.

‘설마 즐기는 건 아니겠지?’

에쉬가 관심을 받고 싶어 그런 것일지도 모른다는 의심은 하루 만에 말끔히 해소됐다.

에쉬가 자신에게 배정된 저택에 틀어박힌 것이다.

기술자들은 저택 앞에 모여 애타게 에쉬의 이름을 울부짖었다.

그들의 열정이 얼마나 대단했느냐면, 어설프긴 했지만 짤막하게 요정 언어까지 사용했다.

“에쉬 님~.”

“문 좀 열어 주십시오.”

“묻고 싶은 것이 많습니다.”

요정 언어로 에쉬를 찾고 있었다.

기술자들이 일을 내팽개치고 에쉬가 머무는 저택 앞에 모이자 소문이 퍼질 수밖에 없었다.

모락은 재빨리 기술자들에게 업무 복귀를 명령했다.

기술자가 괜히 기술자이겠는가.

누군가가 그들을 대체할 수 없기에 기술자인 것이다.

그들이 일손을 놓으면 요새 업무가 마비된다.

그러나 모락의 명령이 떨어졌음에도 기술자들은 일에 복귀하지 않고 하소연을 쏟아 냈다.

자신들이 에쉬에게 매달리는 것은 결국 좋은 물건을 만들기 위함이다, 에쉬를 통해 수준 높은 노움의 기술력을 조금이라도 배울 수 있다면 이것은 결국 황제와 코렌스에 도움이 된다는 주장이었다.

억지라 여길 수도 있겠지만 틀린 말은 아니었다.

이유야 어떻든 간에 모락은 업무 태만이라는 명분으로 무력을 동원할 수 있었지만 그러질 못했다.

'좋다고 알려 줄 때는 언제고.'

모락도 내심 저택 문을 걸어 잠근 에쉬가 원망스러웠다.

기술자들의 능력이 증진되면 모락 또한 도움을 받을 수 있기 때문이다.

이러지도 저러지도 못한 모락은 결국 익스에게 도움을 요청하게 되었다.

익스는 모락과 함께 에쉬가 머물고 있는 저택에 도착했다.

기술자들은 익스를 확인하고서 황급히 허리를 숙여 예를 올렸다.

"이게 무슨 짓이지?"

익스의 물음에 기술자들 중에서 대장 노릇을 하는 자가 공손하게 답했다.

"에쉬 님에게 가르침을 청하는 중입니다."

"가르침을 청하고자 한다면 정중하게 부탁을 해야지, 집 앞에서 소란을 피운다면 그것은 난동이 아닌가."

"그, 그것이……."

기술자들이라고 어찌 반박할 말이 없겠는가.

할 말이야 많았지만 함부로 입을 놀렸다가는 황제에게 말대꾸하는 것으로 비춰질 수 있었다.

"자네들 심정을 모르는 바가 아니야. 노움의 기술력이 탐나겠지. 무엇보다, 잘 가르쳐 주다가 갑작스레 저리 문을 걸어 잠갔으니 당혹스럽기도 할 테고."

익스의 말에 기술자들이 격하게 고개를 끄덕인다.

"하지만 지금과 같은 소란으론 에쉬의 마음을 돌릴 수 있을 것 같지 않군."

기술자들이 조아린 고개를 들지 못했다.

익스는 기술자들에게 명했다.

"이만 돌아가게."

"하오나……."

기술자들이 머뭇거리는 듯하자 근위병들이 검에 손을 가져갔다.

익스는 근위병들을 제지시키고 말했다.

"설득은 짐이 할 것이야. 그리고 이왕 배울 것이라면 제대로 배워야지. 주먹구구식으로 배워서 어디 제대로 써먹을 수나 있겠는가."

익스가 나서겠다는 선언을 하자, 기술자들은 두말없이 일터로 복귀했다. 황제가 기술자들을 끔찍이 아끼고, 분에 넘치는 대우를 해 주고 있다는 것을 누구보다 본인들이 잘 알고 있었기 때문이다.

익스는 기술자들이 물러나는 것을 확인하고서 곧바로 에쉬와 만남을 가졌다.

에쉬가 저택 문을 걸어 잠그긴 했지만 익스까지 거부하지는 않았다.

"고맙네."

"제가 말했을 때 물러났으면 이런 일은 없었을 것 아닙니까."

에쉬가 머쓱하게 말했다.

"저들이 너무 극성이야."

"기술자들을 불러 모아 놓고 이것저것 가르쳐 주다가 내빼놓고서 그렇게 말하면 안 되죠."

에쉬는 이렇다 할 대꾸를 할 수가 없었다.

"열정이 좋다면서요."

연타로 터지는 익스의 공격에 에쉬는 결국 항복을 선언했다.

"미안하네. 내가 경솔했던 것 같아. 그런데 나로서도 어쩔 수가 없었어. 저들이 곤란한 것을 물어보는 통에."

"곤란한 것이라니요?"

"우리들만의 비법이라고 해야겠지. 굳이 비유하자면 호빗이 농작물을 재빨리 자라나게 하는 것과 같은 것이라 봐야 하네."

"그건 확실히 욕심이 지나쳤던 것 같군요. 그래도 그렇게 도망가 버리시면 어떻게 합니까. 알려 줄 수 없다고 말하면 될 것인데."

"기대감에 부풀어 있는 저들의 눈을 마주 볼 수가 없었네. 분명 크게 실망할 테니까. 도망가면 안 된다는 것을 알면서도 어쩔 수가 없었지. 저들의 마음은 누구보다 내가 잘 알고 있으니까."

"그렇다면 더욱더 솔직하게 말씀을 하셨어야죠. 저들이라고 그걸 이해 못 하겠습니까."

"그 점은 나도 미안하게 생각하고 있네. 그것보다 저들을 어찌 물린 것인가?"

"제가 직접 에쉬 님을 설득하겠다고 했거든요."

에쉬가 고개를 저었다.

"자네라 할지라도 우리 종족의 비밀을 알려 줄 수는 없네."

"비밀을 알고자 하는 것이 아닙니다. 이번 기회에 미뤄 두었던 연구소를 만들어 볼 생각이거든요."

"연구소?"

"쉽게 설명하자면 새로운 것을 만드는 곳이죠."

"성 남쪽에 있는 물품 제작소 같은 건가?"

익스가 고개를 저었다.

"다릅니다. 연구소 앞에 마법 공학이라는 단어를 붙일 생각이거든요."

에쉬가 호기심을 나타냈다.

"마법 공학이라, 마법 기계의 다른 표현인 것 같은데. 좋은 단어로군. 일단 마법이 들어갔다면 마법 물품을 전문적으로 연구하고 생산하는 곳 같군."

"제가 구상하고 있는 것은 지금까지 만들어 오던 마법 물품과는 다릅니다."

"뭐가 다르지?"

"예를 들어 보죠. 마법 등은 빛을 뿜어낼 뿐, 다른 기능은 없습니다. 그리고 화염방사기도 마찬가지입니다."

"그건 당연한 것이 아닌가. 애초 그렇게 만들어졌으니까."

"여기서 생각을 넓혀 보면 어떻게 되겠습니까."

"생각을 넓히라니. 쉽게 설명을 해 보게."

"화염방사기는 현재 장작을 대신해 벽돌 가마에 사용되고 있지만 방출되는 화염의 강약을 조절할 수 있다면 요리할 때도 사용할 수 있고, 추운 지방에서는 난로로도 사용할 수 있을 겁니다."

에쉬가 무릎을 쳤다.

"아! 하나의 마법 회로를 이용해서 다양한 물건을 만들어 내자는 것이군."

"바로 그겁니다. 가마에 사용하는 것과 요리에 사용하는 것, 난로에 사용할 마법 회로를 따로 만들 필요가 없이 하나의 마법 회로를 다른 기계에 부착을 하는 것이죠."

"오~."

에쉬의 감탄을 들으며 익스는 말을 이어 나갔다.

"만약 강력한 화력이 필요하다면 마법 회로의 부착 개수를 늘려서 보충하도록 하는 것입니다. 그리고 마법 회로에 들어갈 마법진이 일정하다면 금방 손에 익을 것이고, 생산이 더욱 수월해지지 않겠습니까?"

"맞네. 맞아. 자네 말이 맞아. 오~ 정말 놀랍군."

"이런 방식이라면 마법 회로를 제작하는 기술자들뿐만 아니라 마법사들도 대단히 편안하게 마법진을 새겨 넣을 수 있을 겁니다. 아예 전담을 시켜도 되죠. 화염방사기에 들어갈 마법진을 그리는 마법사, 빛을 뿜어내는 마법진을 새겨 넣는 마법사로 말이죠."

에쉬는 전율에 휩싸였다.

허무맹랑한 소리가 아니었다. 얼마든지 실현 가능한 일이었다.

에쉬로서는 어째서 이와 같은 생각을 진작 하지 못했는지 의아할 정도였다.

"이건 뭐라 말할 수 없을 정도로 놀라운 생각일세. 자넨 정말 천재야. 또 없나? 화염 마법진을 이토록 다양하게 활용할 방법을 생각할 정도라면 다른 것도 있을 것 같은데."

"물론이죠. 마법 공학 연구소에 가장 먼저 연구해야 할 것을 준비해 놓긴 했습니다."

"어서 말해 보게. 무엇인가?"

"뭐라고 생각하십니까?"

에쉬가 버럭 소리쳤다.

"이보게, 내가 알면 자네에게 물어봤겠나! 시간 끌지 말고 속 시원하게 꺼내 놔 봐."

익스가 미소를 지으며 말했다.

"마법의 힘을 빌려 회전력을 얻고자 합니다."

에쉬가 검지를 들어 올리고 빙빙 돌리면서 물었다.

"이렇게 돌아가는 것을 말하는 건가?"

"네. 쉬지 않고 돌아가는 것을 원합니다."

"그걸로 뭘 하려고?"

"물레방아를 생각해 보면 이해가 편할 겁니다."

"물레방아라……."

의아함으로 가득했던 에쉬의 표정이 시간이 갈수록 놀라움으로 변해 갔다.

"아~ 이해했네. 회전력이라면 여러 곳에서 활용될 수 있겠어."

"물론이죠. 마법 회로를 통해 얻을 수 있는 회전력이 얼마나 클지는 모르겠지만 만약 충분한 힘을 얻을 수 있다면 대장장이들이 힘들게 망치질할 필요도 없을 겁니다. 그것뿐만이 아니죠."

"자네 말이 맞아. 탈곡기에 설치가 가능하겠어. 방앗간도 가능할 것이고."

"무기로도 활용 가능합니다."

"무기?"

"활시위를 대신 당겨 주고, 공성 무기를 당길 때도 도움을 받을 수 있을 겁니다."

에쉬는 혀를 내둘렀다.

"자네의 상상력에 경외감이 들 정도로군."

"이 정도로 놀라시면 제가 섭섭하네요. 말 없이 움직이는 마차는 어떨까요?"

"그게 가능할 리가……."

에쉬는 고개를 저으려 하다가, 강력한 회전력을 가진 마법 회로를 설치해 마차 바퀴에 연결한다면 가능할 수도 있을 것 같다는 데 생각이 미쳤다.

"가능할 수도 있겠군."

"그렇죠. 마차와 같은 방식으로 배도 움직일 수 있을 겁니다. 마법 회로가 얼마나 강력한 힘을 뿜어낼지가 관건이겠지만 제 생각에는 가능할 것 같습니다."

에쉬의 눈에서 불길이 치솟았다.

"연구소 말이야. 언제부터 열리는 건가?"

"코렌스의 사정이 여의치 않아서 지금까지 미뤄 왔지만 말이 나온 김에 시작해 보려고 합니다. 마침 마티엔이 마법사들을 데려오기로 했으니까요."

"그렇지. 마법 공학이니까, 꼭 마법사가 있어야 하겠지. 마법사들만 도착하면 곧바로 연구가 가능하겠군?"

"무리를 한다면 충분히 가능할 것 같습니다."

"그렇다면 그 연구소에 날 꼭 넣어 주게나. 스스로 움직이는 마차와 배를 꼭 만들어 보고 싶네."

"물론이죠. 에쉬 님을 위한 자리는 진작 마련해 두었습니다."

"특히 마차는 내 거야. 그건 무조건 내가 해야 하네."

에쉬는 스스로 움직이는 마차, 그러니까 자동차에 대단한 매력을 느낀 모양이다.

"말 없이 스스로 움직이는 마차란 말이지. 왠지 모르겠지만 가슴이 뜨거워져."

그리고 이때 익스의 시야로 메시지가 나타났다.

―새로운 학문의 탄생.

―80년의 세월을 뛰어넘어 마법 공학을 탄생시켰습니다.

―C포인트 5,000 획득.

―인구 50,000 획득.

―마법 공학 창시자 업적을 달성하였습니다.

―마법 공학 창시자의 연구 획득.

―마법 공학 창시자가 참여하는 마법 공학 연구의 성공률이 대폭 상승합니다.

―마법 공학의 땅 획득.

―마법 공학 창시자가 소유한 영지에서 마법 공학에 천부적인 재능을 지닌 아이들이 지속적으로 탄생합니다.

익스가 시스템이 제공하는 엄청난 보상에 놀라고 있을 때, 알베스가 요새에 도착했다.

의심스러운 시스템

익스는 시스템이 제공한 보상을 재차 확인하고서 경악을 금치 못했다.

–C포인트 5,000 획득.

–인구 50,000 획득.

익스가 만약 혼자 있었다면 입 밖으로 탄성을 내뱉었을 것이다.

실제로 목구멍까지 올라왔던 탄성을 집어삼키기 위해 무진 애를 썼다.

'C포인트는 둘째 치고 인구 5만이라니…….'

익스의 놀람은 여기서 그치지 않았다.

—군주 지원 시스템에서 알려 드립니다. 사용자께서 보상으로 받은 인구 5만을 활용해 마을 건설이 가능합니다. 새로운 마을을 건설하시겠습니까?

요새와 채석장과 돌가루 마을을 보상으로 받긴 했었지만 사람까지 채워 주는 경우는 없었다.

'저건 마을을 통째로 만들어 주겠다는 건데. 당연히 그냥 주는 건 아닐 것이고.'

돌가루 마을에서 비슷한 경험이 있지 않았나.

피 같은 C포인트를 빼앗는 놈들이 이번이라고 다를까.

이번보다 더욱 많은 C포인트를 요구할 수도 있었다.

'일단 패스!'

저택 밖에서 알베스가 대기 중이었으니까.

"알베스가 도착한 것이 그리 놀라운 일인가?"

에쉬의 물음에 익스는 놀란 마음을 완전히 감추지 못했다는 것을 깨달았다.

익스는 파격적인 보상 때문이라 말할 수 없었기에 적당히 말을 돌렸다.

"문득 떠오르는 것이 있었거든요."

"또 뭔가 좋은 생각이 떠오른 모양이군. 이번엔 뭔가?"

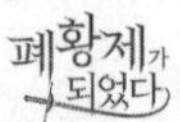

기대감 가득한 에쉬의 얼굴을 일그러트릴 순 없는 일이었다.

익스는 마법 공학이 언급된 만큼, 마법 공학의 핵심이라 할 수 있는 물건을 언급했다.

“마나석으로 마법 회로를 만들면 어떨지 생각해 봤습니다.”

“마나석이라면 자체적으로 마나를 품고 있는 만큼 유리 마법 회로보다 확실히 좋겠지.”

“요정 대륙에서 마나석을 구할 순 없는 겁니까?”

에쉬가 ‘쩝’ 하는 소리와 함께 아쉽게 답했다.

“안타깝게도 발견하지 못했네. 인간과 하이오크의 터전도 살펴봐야겠지만, 있었다면 진작 발견되었겠지.”

익스는 마나석의 존재에 대해서 누구보다 잘 알고 있었다.

“제가 알기로는 요정 대륙에서 마나석을 사용했었습니다.”

“맞아, 사용했지. 아쉽게도 그건 우리가 아니라 북쪽에 있는 엘프들이야. 조상님들의 말씀에 따르면 마나석은 엘프들만 채광할 수 있다고 했었지.”

“북쪽이라면 지금으로선 어찌할 수가 없겠군요.”

“그렇지. 하이오크가 오크를 완전히 밀어내 북쪽과 교류를 시작하게 된다면 마나석을 얻을 수 있겠지. 엘프 놈들이 넘겨줄진 모르겠지만 말이야.”

“엘프와 서둘러 교류를 해야겠군요.”

"오크 놈들을 밀어낸다고 북쪽으로 가는 길이 열리는 것은 아닐세. 상당한 시간이 필요할 거야. 차라리 여기서 찾아보는 것이 더욱 좋을 것 같은데."

에쉬의 말처럼 제국에도 마나석이 존재하지만 흔히 알려진 마나석과는 달랐다.

마나석은 두 가지로 나뉜다. 정합 마나석과 복합 마나석이다.

이름에서 알 수 있듯이 정합 마나석은 생산하면 곧바로 사용이 가능하지만 복합 마나석의 경우는 채굴한 뒤에 가공을 거쳐야 한다.

"제가 알기로 코렌스에는 없습니다."

"코렌스에 없다면 다른 곳은 어떤가?"

"조사를 해 봐야 할 것이지만 코렌스 밖으로 나가는 건 아직 어렵습니다."

에쉬는 순순히 고개를 끄덕였다.

"급할 것이 무엇 있겠나. 유리 마법 회로가 있는 만큼 기회를 보고서 적절한 때에 마나석을 찾아보도록 하세."

"그게 좋을 것 같습니다. 아니면 연구소에서 광부들을 가르쳐 마나석을 탐색도록 해도 괜찮을 것 같은데요."

"그것도 괜찮은 방법이군. 우리가 코렌스 밖으로 나갈 수는 없으니까."

익스가 마법 공학 연구를 이제야 시도하는 것은 여러 가지 이유가 있었지만 가장 큰 문제는 바로 마나석이었다.

마법 공학의 꽃은 마나석이다.

특히 완벽한 비율로 가공된 복합 마나석이 있어야 한다.

완전한 복합 마나석이 아니라면 마법 공학이 제대로 힘을 발휘할 수가 없었다.

유리 마법 회로를 때려 박으면 어떻게든 되겠지만 효율이 너무 낮아진다.

마나석이 없음에도 익스가 마법 공학 연구소를 열기로 마음먹은 것은 연구 인력 확보가 가능할 것이라고 보았기 때문이다.

에쉬를 비롯한 노움족.

마티엔이 데려올 백마법사들.

기네스가 데려올 쌍둥이까지.

마나석만큼의 효율을 보여 주지는 못하지만 유리 마법 회로도 준비되어 있다.

완벽한 마법 공학은 아니었지만 마법 공학의 기초를 다질 만한 토대는 마련되어 있는 것이다.

이런 의미에서 보자면 마법 공학 연구소 건립 의지를 밝힌 것은 적절한 시점이라 할 수 있었다.

익스가 문을 가리키며 에쉬에게 말했다.

“밖에서 알베스가 기다리고 있는 중이랍니다. 계속 밖에 둘 수는 없지 않겠습니까?”

에쉬가 이제 기억이 났다는 듯 손뼉을 쳤다.

"아! 그걸 잊고 있었군."

산적 토벌을 마치고 돌아온 알베스는 황제의 검을 반납하고서 산적 토벌 과정을 일목요연하게 설명했다.

마지막으로 산적 토벌에 따른 후속 조치까지 설명이 이어졌다.

"데이카와 록셀이라면 돌가루 마을과 채석장을 맡기기에 적당하지. 잘했네."

"하지만 어디까지나 임시일 뿐입니다. 로인 관리관의 앓는 소리가 얼마나 심한지. 후우~."

로인의 입장에서는 그럴 만했다.

새 바위 마을을 관리하는 것도 어려운 마당에 채석장과 돌가루 마을까지 떠안게 되었으니까.

데이카와 록셀이 일을 하고 있다지만 어디까지나 임시였고, 전문적인 내정자가 아닌 만큼 실수가 일어날 수밖에 없었다.

그들이 저지른 실수를 해결해 줄 사람이 누굴까?

돌가루 마을에서 가장 가까운 곳이 새 바위 마을인 만큼, 로인이 해결해 줄 수밖에 없었다.

"적당한 관리관을 찾아야겠군."

"소장이 맡을 수도 있지만 그렇게 되면 폐하께서 명하신 상비군 증강 계획이 예정보다 늦어지게 될 것입니다."

돌가루 마을과 채석장이 시스템에 의해 재건되지 않았다면 알베스는 곧바로 상비군 구축에 나섰을 것이다.

'아무래도 시스템이 교묘하게 퀘스트를 방해하는 것 같단 말이지.'

인력이 부족한 코렌스 입장에서 인구 5만은 가뭄의 단비와 같은 것이다.

그러나 생각을 조금만 틀면 이런 질문을 던질 수 있다. 인구 5만이 생기면 어떻게 관리할 것인가?

돌가루 마을에 보낼 마땅한 관리관이 없어 모두가 걱정하는 중이다.

여기에 인구 5만의 새로운 마을이 생긴다고 해 보자.

'일단 급한 불을 꺼야 하는데, 그게 가능할지 모르겠네.'

돌가루 마을을 맡길 관리관을 고민하던 익스에게 알베스가 종이봉투 하나를 내밀었다.

"로인 관리관이 보내는 것입니다. 폐하께서 찾으시던 물건이 맞는지 확인받기 위함이라 했습니다."

"로인이 보낸 것이라고?"

"로인 관리관의 말에 따르면 폐하께서 말씀하신 벌레일지도 모르겠다고 하였습니다."

관리관 문제로 어두웠던 익스의 표정이 크게 밝아졌다.

"벌써 찾은 모양이군."

익스는 종이봉투를 펼쳤다.

에쉬도 고개를 내밀어 관심을 보였다.

종이봉투에 들어 있던 것은 엄지만 한 하얀 털 뭉치였다.

익스는 엄지와 검지로 털 뭉치를 잡아 눌러 보았다.

'이게 있긴 있었구나.'

아직 확실한 것은 아니었지만 일단 겉으로 보기엔 실을 뽑아내기에는 충분해 보였다.

"이게 뭔가?"

에쉬의 물음에 익스가 손에 들고 있던 털 뭉치를 넘겨주고 말했다.

알베스도 귀를 쫑긋 세웠다.

"만져 보니 어떠십니까?"

"뽀송뽀송하고 부들부들하고 기분이 좋네."

"잡아당겨 보시죠."

에쉬가 하얀 털 뭉치를 두 손으로 잡아당겼다.

털 뭉치는 끊어지지 않고 길게 늘어졌다.

"제법 질기군."

"그걸로 실을 만들면 어떨 것 같습니까?"

에쉬는 하얀 뭉치를 이리저리 살피다가 잡아 뜯어 보고서 답했다.

"부드럽고 탄력 있는 실이 나올 것 같아. 옷감을 만들어 보고 싶어. 이걸 대량으로 얻었으면 싶은데, 어디서 나온 건가?"

마법 통역기를 늦게 작동시킨 모양이다.

"벌레 껍데기일 겁니다."

"신기하군. 이렇게 질 좋은 재료를 만드는 벌레라니. 인간들의 대륙에는 신기한 것이 정말 많군."

익스는 에쉬가 털 뭉치에 정신이 팔려 있는 동안 알베스에게 물었다.

"로인이 따로 전하라는 말은 없던가?"

"폐하께서 말씀하신 벌레를 찾기 위해서 본격적으로 수색에 들어갈 것이라 하였습니다."

"그게 무슨 말인가? 저걸 가져왔지 않나."

"바람에 날려 온 것을 고양이 사냥꾼이 주워 온 것이라 합니다."

"아직 벌레를 발견한 것은 아니었군."

익스가 아쉬움을 드러내자 알베스가 위로하듯 말했다.

"로인 관리관이 하얀 털 뭉치를 뿜어내는 벌레에 거액의 상금을 걸었습니다. 고양이 사냥꾼들도 벌레를 찾겠다고 혈안인지라 머지않아 발견될 것입니다."

익스는 날랜 야생 고양이를 사로잡는 고양이 사냥꾼들의 실력을 믿어 보기로 했다.

"호오, 이건 털 뭉치가 아니야. 가느다란 실이 촘촘하게 쌓여 있는 구조로군. 이러면 실뽑기가 더욱 쉬워지겠어.”

에쉬의 털 뭉치 분석은 계속해서 이어지고 있는 모양이다.

익스는 에쉬를 방해하지 않고, 알베스와 이야기를 이어 나갔다.

“자네가 보낸 보고서에 산적단 부두목이란 자가 나오던데, 정말 보고서의 내용처럼 행동했단 말인가?”

“그렇습니다. 산적 토벌에 적극적으로 협조해 주었습니다. 덕분에 별다른 피해 없이 산적단의 본거지를 점령할 수 있었습니다.”

“큰 도움이 되었군. 비록 산적단에 몸을 담았지만 그만한 공을 세웠다면 보상을 해 줘야지. 코렌스 밖으로 나가고 싶어 한다고 적혀 있던데, 다른 요구는 없었나?”

“약간의 노잣돈을 요구하였습니다.”

“그 정도는 문제 될 것이 없지. 이왕 챙겨 줄 것이라면 넉넉히 챙겨 주도록 하게.”

“그자가 요새에 도착하고서 요청한 것이 있습니다.”

“노잣돈만 받고 떠나기엔 아쉬웠던 모양이군. 그자가 원하는 것이 무엇이라 하던가?”

“폐하를 알현하고 싶다고 하였습니다.”

“의외로군. 짐을 만나서 무엇을 하려는 거지?”

“소장이 파악하기로는 코렌스에 정착하고 싶은 것 같습니다.”

"하긴 그자도 눈이 있다면 코렌스가 살 만하다는 것을 알고 있겠지. 자네 생각은 어떤가?"

"코렌스를 제대로 살핀 것은 아니지만 귀가 있는 만큼 소문을 들었을 것입니다. 당연히 요정족에 관해서 알고 있을 테니, 코렌스 밖으로 내보내선 안 될 것 같습니다."

"받아들이는 것은 어려운 일이 아니야. 다만 산적단에 몸을 담고 있었던 자란 말이지. 산맥에서 내려온 백성들이 받아들일까 싶은데."

"그 점에 대해선 걱정하실 필요가 없을 것 같습니다. 산맥에서 내려온 백성들 중에서 그자에게 도움을 받은 자들이 상당수 있습니다."

"산적이 그러한 신망을 얻기 쉽지 않을 텐데."

"산적단을 통제하기 위해 상당히 애를 썼던 모양입니다."

"나쁜 놈은 아닌 모양이야. 산적단 부두목을 했을 정도라면 머리도 있겠지?"

"실질적으로 산적단을 관리하고 운영했던 자이니만큼 어느 정도 능력을 갖춘 것 같아 보였습니다. 산적단 산채를 점령한 뒤에도 많은 도움을 받았습니다."

"쓸모가 많은 자를 굳이 밖으로 내보낼 필요는 없겠지. 한 번 만나 보도록 하지. 그자의 이름이 뭔가?"

"로만이라고 합니다."

익스의 계획은?

사나운도끼는 말에 올라 주변을 두리번거렸다.

'좋은데.'

전쟁이 일어나고 있는 요정 대륙과 달리 인간 대륙은 대단히 평화로워 보였다.

인간 대륙에서도 복잡한 문제로 인해 서로 치고받고 싸운다는 것은 알고 있었지만 적어도 사나운도끼의 눈에는 평화로워 보였다.

사나운도끼가 코렌스를 눈에 담아내는 동안 설리반과 늑대송곳니는 신경전을 벌이고 있었다.

"늦어도 적당히 늦었어야지."

설리반의 중얼거림에 늑대송곳니가 코웃음을 쳤다.

"아직도 그 소리냐."

"하루하루 늦어질 때마다 마을 사람들 얼굴이 검게 변하는 것을 보고 있어 봐라. 한창 뛰어놀아야 할 아이들이 엄마, 할아버지가 이상하다고 나한테 찾아왔었다. 엄마랑 할아버지가 아픈 것 같다면서 말이야. 그때를 생각하면 아직도 우울해져. 알기나 해?"

"내가 늦고 싶어서 늦었냐. 폭풍 때문에 늦었다고 했잖아."

"내가 언제 폭풍을 가지고 그랬냐. 굳이 1선단에 올라서 코렌스로 넘어올 필요가 없었잖아. 2선단도 있고, 하다못해 희망호도 있잖아. 왜 하필 1선단 출발 시간까지 늦춰 가면서 코렌스로 넘어온 건데?"

"아, 그걸 물어보는 거였구나."

설리반은 늑대송곳니의 주둥이를 쥐어박고 싶은 충동을 가라앉히고 물었다.

"그래. 그걸 물어보는 거니까, 말 좀 해 봐라. 왜 굳이 1선단을 타고 넘어온 건데?"

설리반은 귀를 쫑긋 세웠다.

늑대송곳니가 되지도 않는 변명을 한다면 뒤통수를 때릴 생각이었다.

"오크 놈들이 중부 지역 고블린을 끌어들이기 시작했다."

늑대송곳니의 등 뒤로 향하던 설리반의 손이 내려왔다.

"확실한 거냐?"

코렌스를 살피던 사나운도끼가 늑대송곳니를 대신해 설리반의 물음에 답했다.

"확실하네. 붉은강을 살피러 나갔던 정찰병 중에서 일부가 저주에 휩싸인 채 돌아왔으니까."

붉은강이라면 요정 대륙 남부와 중부의 경계선이다.

설리반이 낮게 신음을 흘리며 말했다.

"흠, 저주에 휩싸인 자들은 어찌 되었습니까?"

"이겨 내고 있는 중일세."

"이겨 낼 수 있는 겁니까?"

"정찰병이 중부 지역 고블린들과 멀리 떨어져 있던 탓에 저주의 기운이 약했네. 피하기도 했고 말이야. 덕분에 심각한 수준은 아닌지라 충분히 이겨 낼 수 있을 것이네. 주술사들도 옆에 있고 말이야."

"그나마 다행이군요. 그것보다 중부 지역 고블린이라면 일이 너무 커진 것 같습니다."

"그렇지. 그래서 네르한에게 도움을 받고자 온 것이네."

"주술사들이 있지 않습니까?"

"숫자가 적지 않은가. 주술사 양성에 힘을 쏟고 있긴 하지만 중부 지역 고블린들과 이렇게 빨리 마주할 것이라곤 생각지 못했지."

"확실히 빠르긴 하네요."

사나운도끼가 늑대송곳니를 가리키며 말했다.

"우리 족장님께서 너무 잘 싸워 준 덕분이지. 무지막지하게 오크 놈들을 밀어붙이지 않았나."

설리반도 늑대송곳니를 바라보았다.

"왜 그런 눈빛으로 보지? 오크 녀석들을 박살 내는 것은 당연히 해야 할 일이잖아."

설리반은 늑대송곳니를 무시하고 사나운도끼에게 말했다.

"빨리 움직이는 것이 좋을 것 같습니다. 저기 보이는 오르막길이 요새로 올라가는 길입니다."

설리반 일행은 말을 재촉했다.

속도를 더욱 내고 싶었지만 이미 2시간을 쉬지 않고 달려온 상태였다.

이대로 더 달렸다가는 말이 쓰러질 수도 있었기에 보통 걸음에서 빠른 걸음으로 전환하는 정도로 만족해야만 했다.

요새로 오르는 길에 거의 도착했을 무렵, 설리반이 늑대송곳니에게 물었다.

"골치 아픈 놈은 어떻게 할 거야?"

골치 아픈 놈이란 독수리발톱을 말하는 것이다.

"돌아갈 때 데리고 가야지."

"얌전히 기다리고 있을지 의문이야. 놈의 행실을 생각해 보라고. 내가 보기에는 무조건 마을에서 도망치려고 할 거야."

설리반의 지적을 사나운도끼가 받아 주었다.

"그걸 염려해서 원로들이 전부 마을에 남아 있는 것이 아니겠는가. 원로들이 나선 만큼, 그리 걱정할 필요가 없을 것이네."

설리반이 알고 있는 독수리발톱은 결코 호락호락한 놈이 아니었다.

반짝거리는 눈으로 요정 마을을 살피던 모습이 설리반을 불안하게 만들었다.

"지키는 사람 열이 도둑 하나를 못 당한다고 했습니다."

사나운도끼가 설리반을 안심시켰다.

"녀석이 사고뭉치라는 것은 나는 물론이고 원로들도 잘 알고 있네. 그래서 그들이 순순히 마을에 남아 있겠다고 한 것이지. 독수리발톱이 아무리 날고뛰어도 원로들을 이겨 낼 순 없어. 은퇴했다곤 하지만 그 어린놈에게 당할 만큼 늙은 것은 아니야."

"원로들을 의심하는 것이 아닙니다. 그분들이 어떤 분들이신지 저도 잘 알고 있으니까요. 다만 독수리발톱 그놈이 워낙 예측 불허라서 그렇죠. 기상천외한 방법으로 원로들을 속이려 들 것입니다."

"그렇게 불안했으면 데려오지 그랬나."

"그랬다가 요새를 넘어 코렌스 밖으로 도망가면요? 전 그런 사달을 감당할 자신이 없습니다."

"데려갈 생각이 없으면 원로들을 믿어야지."

사나운도끼의 말이 끝나는 순간 늑대송곳니가 엄지로 뒤

를 가리키며 말했다.

"뒤에 누가 온다."

설리반과 사나운도끼가 고삐를 잡아당겨 말을 돌렸다.

말 2마리가 빠른 속도로 다가오고 있었다.

"우리와 목적지가 같아 보이는걸."

사나운도끼의 말에 설리반이 고개를 끄덕였다. 그러면서 가까워지고 있는 2마리의 말을 유심히 바라보았다.

2마리의 말은 순식간에 가까워졌다.

말을 타고 있는 것은 청년과 중년인이었다.

둘을 유심히 살피던 설리반이 청년에게 시선이 닿은 순간, 눈이 커졌다.

그리고 자연스럽게 청년의 이름을 불렀다.

"센드!"

센드라 불린 청년도 설리반을 확인하고서 황급히 고개를 숙였다.

"안녕하십니까, 관리관님."

센드는 요정 마을이 된 그물 마을 출신으로, 탄탄하고 우람한 덩치만큼이나 힘 좋은 청년이었다.

"새 바위 마을에 있어야 할 자네가 여기까지 무슨 일이지?"

"로인 관리관님의 명령으로 손님을 모시고 왔습니다."

"손님?"

센드가 옆에 있는 중년인을 가리키며 말했다.

"15인회 상단의 에낙스 상단주입니다."

"요정 마을의 설리반 관리관님을 만나 뵙게 되어 영광입니다."

"나를 알고 있소?"

에낙스가 입가에 미소를 띠며 말했다.

"코렌스에서 상단을 운영하면서 어찌 마을 관리관을 모를 수가 있겠습니까."

설리반이 에낙스를 소개받을 때, 사나운도끼는 센드를 흥미롭게 바라보고 있었다.

"자네가 보기에는 어떤가?"

"신기하네요. 인간이 분명한 것 같은데 몸은 완전 하이오크입니다. 어떻게 된 일인지 모르겠군요."

"자네도 그렇게 말할 정도라면 내가 착각한 것이 아니었군. 어떤 것 같나. 하이오크 중에서 저렇게 좋은 몸뚱이를 지닌 자도 손에 꼽힐 것 같은데."

"굳이 비교하자면 독수리발톱과 비슷해 보입니다."

사나운도끼가 센드에게서 눈을 떼지 못하고 말했다.

"저만하면 가르칠 맛이 나겠는걸."

늑대송곳니가 화들짝 놀란다.

"인간을 제자로 받아들이실 생각입니까?"

"저런 몸으로 인간들이 만든 전투술을 익혀 봐야 무슨 도움이 되겠나. 잘해 봐야 힘 좋은 놈이라는 평가를 받는 것이 전부겠지."

"그렇긴 하겠죠."

"몰랐으면 모르되 이리 보고도 모른 척할 수는 없지. 그리고 내가 이번에 새롭게 정리한 것이 있는데, 저놈에게 가르치면 딱 맞을 것 같단 말이지. 후후후, 가르칠 맛이 나겠어."

센드는 자신도 모르는 사이 하이오크 대전사였던 사나운도끼의 제자로 선택되었다.

익스는 저택 후원에서 알베스와 함께 나타난 로만을 유심히 바라보았다.

마른 체형이 가장 먼저 눈에 들어왔다.

피부는 탄력 있어 보였지만 이마와 눈가에는 주름이 자글자글했다.

겉으로 보아선 나이를 짐작기 어려웠다.

로만은 후원에 앉아 있는 익스를 확인하자마자 바닥에 납작 엎드렸다.

"태양 신의 후예이신 황제 폐하를 만나 뵙게 되어 크나큰 영광입니다."

익스는 로만을 똑바로 세우려다 그만두었다.

회사에서도 사장이 말단 사원과 마주하고서 편안하게 있으라 하면 더욱 불편한 법이 아니던가.

로만에게 똑바로 서서 마주 보고서 이야기를 하자고 했다간 대화 자체가 이루어지지 않으리라.

"자네가 짐을 만나고 싶어 했다고 하던데. 이유가 뭐지?"

로만은 고개를 들지 않고 조심스럽게 대답했다.

"허락을 해 주신다면 폐하를 모시고자 합니다."

"짐이 비록 변방에 머물고 있지만 아무나 받아들이진 않는다. 자네는 스스로에 대한 자부심이 대단한 모양이군."

로만은 엎드린 채로 고개를 흔들었다.

"미천한 소인이 산적단에 몸을 담았던 죄인으로서 어찌 높이 쓰이길 바라겠습니까. 소인에게는 고향이라고 할 곳이 없는지라 코렌스를 벗어나면 삶이 막막합니다. 그저 폐하의 허락을 받고 코렌스에 머물며 멀리서나마 폐하를 모시는 것을 바랄 뿐입니다."

"흠, 이상하군. 짐이 보고받기론 코렌스를 떠나고자 했던 것 같은데."

"죄인으로서 폐하의 영지에 살아갈 수 없을 것이라 여긴 탓이옵니다. 만약 폐하께서 용서를 해 주신다면 남은 삶을 폐하를 위해 살아가도록 하겠습니다."

"짐을 위해 살아가겠다고?"

"충심으로 모시고 싶은 마음이 가득하나 미천한 소인이 어찌 폐하를 곁에서 모실 수 있겠습니까. 그저 수많은 백성 중 하나로서 멀리서나마 폐하를 보필할 것이옵니다."

"충심이라. 좋은 말이군. 자네가 그렇게까지 말한다면 기회를 주는 것이 도리겠지."

로만의 고개가 더욱 내려가 이마가 바닥에 닿았다.

"황은이 망극하옵니다."

"너무 앞서 나가는군. 짐은 기회를 줄 뿐이야. 자네가 만약 짐을 위해 한 가지 일을 해 준다면 자네를 짐의 신하로 받아들이도록 하지."

"명령만 내려 주십시오. 소인, 몸이 부서지는 한이 있더라도 반드시 해내겠습니다."

"일 자체는 어렵지 않네. 다만 자네 목숨이 위태로울 수도 있어. 그래도 하겠나?"

"미천한 소인이 폐하를 위해 죽을 수 있다면 그 또한 영광스러운 일입니다. 기쁜 마음으로 폐하의 명에 따르도록 하겠습니다."

"좋군. 자네가 해 주어야 할 일이 무엇인지 알려 주겠네."

익스는 로만뿐만 아니라 알베스에게 자신의 계획을 차근차근 설명했다.

설명이 끝난 직후, 알베스는 넋이 나가 있었다.

로만의 경우에는 바닥에 엎드려 있었기에 표정을 확인할 수가 없었지만 몸을 부들부들 떨고 있는 것으로 봐선 크게 놀란 모양이다.

"좋은 방법이지?"

"폐하! 어찌 그런 망극한 일을 할 수 있겠습니까. 말씀 거두어 주십시오."

정신을 차린 알베스가 강경하게 반대 의사를 내보였지만 익스는 물러서지 않았다.

"흥분하지 말고 차분히 생각해 보게. 짐의 계획대로 한다면 새로운 관리관을 뽑을 동안 시간을 벌 수 있네. 그와 더불어 짐의 안전 또한 확보되지 않겠는가."

"하오나 폐하!"

"전례가 없었던 것도 아니지 않은가. 차분히 생각해 보게."

"폐하의 안전을 위해서라면 시도해 볼 만한 일이긴 합니다. 하지만……."

익스는 알베스가 지적하고 싶은 것이 무엇인지 잘 알고 있었다.

"당연히 대책을 마련해 두었지. 유적지에서 얻은 마법 물품이라면 충분히 가능하네."

코렌스로 향하는 이들

기네스는 빠른 걸음으로 태양 신 교단의 대신전으로 향했다.

쌍둥이가 떠올랐지만 크게 신경은 쓰지 않았다.

'알아서 움직이겠지.'

해야 할 일이 무엇인지 계약서를 작성할 당시에 모두 설명했다.

자신이 함께하지 않더라도 저희끼리 움직일 것이다. 애초 함께하기로 한 것도 아니었으니까.

기네스가 머무는 숙소가 대신전과 가까웠던지라 20분 만에 도착할 수 있었다.

기네스가 도착하자 익숙한 얼굴이 다가왔다.

노리스 신관이었다.

그는 기네스를 발견하고는 환한 미소로 인사를 건넸다.

"어서 오십시오. 기다리고 있었습니다."

"오래 기다리신 겁니까?"

"그리 오래 기다리지 않았습니다."

"기다리시긴 한 모양이군요. 죄송합니다. 하루 만에 연락을 주실 줄은 몰랐던지라 준비가 조금 늦어졌습니다."

노리스도 머쓱하게 웃음을 지었다.

"나흘이라 말씀드렸던 제가 괜스레 무안해지는군요."

기네스가 손을 저었다.

"무슨 말씀을 그리하십니까. 예정보다 빨리 연락을 주셨다는 것은 도리어 감사한 일입니다. 그리고 어제 갑작스레 찾아왔음에도 흔쾌히 맞아 주신 것 또한 감사합니다."

"도움이 된 모양이군요."

"덕분에 일이 잘 풀렸습니다."

"제가 한 일이 뭐가 있겠습니까. 그저 있는 사실 그대로 알려 드린 것뿐인데요. 그런데 그 쌍둥이 청년들을 고용하실 생각입니까?"

기네스는 고개를 끄덕였다.

"그렇습니다. 이미 계약을 마쳤습니다."

노리스가 머뭇거리다가 말했다.

"제가 이런 말씀을 드리긴 뭐하지만 취소하는 것이 어떨까 싶습니다.”

“취소라니요?”

“제가 용병단에 대해 자세히 알고 있는 것은 아니지만 이제 막 등록을 신청한 용병단은 그다지 믿을 만한 곳이 못 됩니다. 사기꾼들도 많고요. 용병이 필요하시다면 제가 신뢰할 만한 용병단을 몇 군데 추천해 드리겠습니다.”

“그 점이라면 걱정하실 필요 없습니다. 쌍둥이 청년들을 용병으로 고용한 것이 아니라 안내자로 고용한 것입니다. 제가 남부 지역 지리에 익숙지 않아 길잡이로 삼으려는 것이지요. 그리고 저보다 나이 많은 사람은 불편해서 그 청년들을 선택한 것입니다. 무엇보다 돈이 그리 많이 든 것도 아니고요.”

돈의 많고 적음이란 상대적이다.

가난한 사람에게는 1골드가 거금이지만 어마어마한 갑부라면 1골드는 껌값에 지나지 않았다.

기네스가 말한 돈의 많고 적음의 기준은 황제였다.

황제의 명령으로 쌍둥이 청년들을 고용한 것이니까 말이다.

“제가 괜한 걱정을 했군요. 안으로 드시죠. 제가 안내해 드리겠습니다.”

기네스는 대신전 안으로 발을 들여놓았다.

태양 신 교단.

오대 교단에 속해 성세를 이어 나가고 있지만, 과거의 영광에 비하면 초라해진 것이라 할 수 있었다.

제국이 세워질 당시 태양 신 교단의 위세는 지금의 오대 교단보다 더했으면 더했지 결코 덜하지 않았다.

황제의 전폭적인 지지를 받으며 교세를 확장해 나가 제국 최고의 교단으로 성장했다.

그러나 흑마법사가 일으킨 대혈사가 발생한 뒤로 태양 신 교단의 위세는 곤두박질쳤다.

제국 백성들의 지지를 잃은 것이다.

누구보다 열심히 흑마법사들을 척결했지만, 백마법사와 함께했다는 이유만으로 백성들의 원망을 들은 것이다.

백마법사와 흑마법사는 엄연히 다른 존재였지만 백성들은 이를 구분하지 못했다.

무엇보다 하늘 신 교단의 주도로 모인 사대 교단이 흑마법사와 백마법사 가릴 것 없이 모든 마법사를 제국의 적으로 삼아야 한다고 주장했다.

태양 신 교단은 불필요한 희생을 막고자 했으나 민심은 이미 사대 교단으로 떠나 있었다.

그리고 민심이 마법사에게서 떠나면서 황제도 사대 교단의 주장을 받아들이게 되었다.

상황이 이렇게 되자 태양 신 교단으로서는 사대 교단의 주장을 받아들일 수밖에 없었다.

백마법사들이 억울하다는 것을 알고 있었기에 어떻게든 그들을 구제해 보려고 했으나 백성들의 싸늘한 시선을 이겨내지 못했다.

태양 신 교단이 마법사를 옹호하는 것을 보아서 대혈사와 연관이 있다는 소문이 흘러나오기 시작했기 때문이다.

이때부터 태양 신 교단은 위상이 추락에 추락을 거듭하면서 오대 교단 중 하나로 흡수된다.

제국 제일의 교단에서 다섯 손가락 안에 들어가는 교단이 되어 버린 것이다.

그리고 지금에 이르러서는 오대 교단 내에서 끄트머리에 겨우 발을 걸치고 있을 뿐이었다.

'키야, 오대 교단에서 가장 힘이 없는 곳이 이 정도라면 다른 곳은 얼마나 화려한 거야?'

기네스의 고개는 쉬지 않고 좌우로 움직이고 있었다.

하얀 돌로 만들어진 조각품.

황금으로 도배한 천장과 벽.

보석으로 치장한 방패와 검.

"와, 정말 어마어마하군요. 소문을 듣긴 했지만 이 정도일 것이라고는 생각지 못했습니다."

기네스가 감탄을 쏟아 내며 대신전의 아름다움을 칭찬했지만 노리스의 표정은 밝지 못했다. 도리어 씁쓸한 미소를 지으며 대답했다.

“빈 수레가 요란하단 말이 있지요. 겉으로 보이는 것처럼 다 좋은 것은 아닙니다.”

“그게 무슨 말씀이신지?”

“그냥 넋두리입니다. 신경 쓰실 필요 없습니다.”

노리스가 걸음을 재촉했다.

기네스는 노리스에게 무슨 의미인지를 묻고 싶었지만 물을 수가 없었다.

노리스가 온몸으로 묻지 말라는 기운을 내뿜는지라 물어볼 엄두를 내지 못했다.

‘순수파 신관인가 보군.’

오대 교단의 신관 중에는 신을 모시는 전당이 지나치게 화려해지고 있음을 비판하는 자들이 상당수 존재했다.

신을 받드는 자로서 화려함을 멀리하고 검소함을 실천하며 순수성을 회복해야 한다는 주장이었다.

오대 교단에서는 이들을 순수파라 지칭했다.

기네스는 노리스가 순수파에 속하는 신관이라 여기고 넘어가 버렸다.

“도착했습니다.”

노리스가 금으로 만들어진 손잡이가 달린 문을 가리켰다.

"혼자 들어가는 겁니까?"

"아니요. 저도 함께 들어갈 겁니다. 그리고 너무 긴장하실 필요 없습니다. 안에 계신 분은 기네스 님과 안면이 있는 분이십니다."

노리스를 따라 들어간 기네스는 익숙한 인물과 마주했다.

"주교님께서 나오셨군요."

기네스가 아담 주교를 향해 공손히 인사를 올렸다.

"다시 만나 반갑네."

"대주교님께서 나오시면 어쩌나 했습니다."

"그렇지 않아도 대주교님께서 직접 오시려고 했다네."

기네스가 매우 놀라 물었다.

"설마 대주교님을 만나 뵈어야 하는 겁니까?"

"그리 긴장할 필요 없네. 자네가 어려워할까 봐 대주교님을 대신해 내가 온 것이니 말이야."

기네스가 안도의 숨을 내뱉었다.

"휴, 천만다행이군요."

아담 주교가 너털웃음을 터트렸다.

"대주교님께서 자네의 반응을 봤다면 많이 섭섭해하셨을 것이네."

기네스가 양손을 흔들었다.

"그래도 어쩔 수 없습니다. 폐하를 만나 뵙는 것도 힘든 마당에 대주교님까지 만나 뵌다면 제가 버텨 내질 못할 것입니다."

"이상하군. 나도 나름 높은 사람인데, 나는 괜찮은 것인가?"

"그러게 말입니다. 원래대로라면 어려워해야 할 것인데. 아무래도 주교님께서 인자하신 성품을 가지셔서 제가 편안하게 느끼는 모양입니다."

"자네 말을 계속 듣고 있다가는 내 귀가 녹아내리겠어. 인사치레는 이 정도에서 마무리 짓고 본론으로 들어가세. 자리에 앉게나."

아담 주교가 자리를 권하자 노리스가 기네스에게 의자를 내주었다.

기네스가 의자에 앉자마자 아담 주교가 물었다.

"폐하께서 보낸 칙서의 내용이 무엇인지 알고 있는가?"

"알지 못합니다."

"언질이라도 받았을 것인데?"

"저의 임무는 칙서를 전달하고 교단에서 신관을 파견한다면 편히 움직일 수 있도록 지원하는 것입니다. 칙서에 있는 내용을 짐작은 할 수 있지만 정확히 알지는 못합니다."

"알겠네. 그렇다면 지원은 무엇인가?"

기네스가 품에서 촛농으로 봉인한 양피지를 꺼내 아담 주교에게 내밀었다.

"코렌스로 가실 때 도움이 될 물건입니다."

"이게 무엇인가?"

"재상이자 사군 사령관 도린 데로트 백작의 직인이 찍혀 있는 문서입니다. 코렌스로 올라가실 적에 어딜 가시든 이것만 내밀면 좋은 숙소와 푸짐한 식사는 물론이고, 말과 마차까지 지원을 받을 수 있을 것입니다. 필요하신지요?"

아담 주교는 복잡 미묘한 눈으로 문서를 바라보았다.

문서를 받으면 신관을 파견하는 것이고, 받지 않으면 파견치 않는 것이다.

아담 주교가 기네스에게 말했다.

"자네, 보기와 달리 날카로운 구석이 있군."

기네스가 담담히 말했다.

"무슨 말씀인지 모르겠습니다. 저는 그저 폐하의 명을 따를 뿐입니다."

아담 주교가 조심스럽게 물었다.

"자네의 말이 모두 폐하의 뜻이란 말인가?"

"다시 한번 말씀드리지만 저는 폐하의 명령을 따를 뿐입니다. 칙서와 관련된 사항에 대해선 사견이 존재하지 않습니다."

아담 주교는 기분이 이상했다.

눈앞에 있는 기네스라는 사내는 마치 교단의 뜻을 정확하게 파악하고 있는 것 같지 않은가.

'아니지. 저자의 말에 따르면 폐하께서 모든 걸 예측하셨

단 말이 되는데.'

황실과 태양 신 교단의 인연을 생각한다면 이상한 일은 아니었다. 다만 그 인연이 대혈사 이후 끊어졌다는 것이 문제라면 문제인 것이지.

'칙서의 내용을 보자면 우리를 정확히 파악하고 계신 것 같았는데.'

오죽하면 대주교가 주교들을 불러 모아서 황실과 연을 이어 나가는 자가 누구인지 물었을까.

아담 주교는 한참을 고민하다가 기네스가 내민 양피지를 받았다.

"이 자리가 끝나면 노리스가 신관 20명을 이끌고 코렌스로 출발할 걸세. 자네도 함께 가는 것인가?"

기네스가 노리스의 얼굴을 한번 살피고서 대답했다.

"아닙니다. 저는 오틀라스에 좀 더 머물러야 할 것 같습니다. 혹시 코렌스로 가는 길에 아네스를 들르신다면 태양의 눈길이라는 경매소에 들르십시오. 경매소 소장이 크게 환대해 줄 것입니다."

제국 동부 지역에 있는 어둠의 숲은 빼곡히 자라난 나무로 인해 대낮에도 초저녁을 방불케 할 정도로 어두웠다.

어둠의 숲은 제국 동부 지역 국경선은 물론이고 야생의 대지라 불리는 야만족의 영역까지 뻗어 나가 있었다.

어둠의 숲이 걸치고 있는 야생의 대지에는 정체를 알 수 없는 수많은 야만족이 들끓었다.

야만족들은 대개 저희끼리 치고받으며 잔혹한 전쟁을 이어 나간다.

그러나 잔혹하고 치열한 전쟁에서 최종 승리자가 탄생해 야만족이 하나로 통일되는 순간, 제국에 재앙이 불어닥쳤다.

150년 전에 있었던 야만족의 침입이 대표적인 예라 할 수 있다.

야만족은 두려움을 모른다.

야생의 대지라 불리는 거친 땅에서 태어나 자란 만큼 그들은 용감했고, 동시에 무모했다.

거칠 것 없는 야만족이지만 그들도 어둠의 숲을 꺼렸다.

어느 정도인지 예를 들어 보자면 다음과 같았다.

원수를 추격하다가 어둠의 숲으로 도망간다면 포기하고 돌아갈 정도다.

어둠의 숲에 대한 두려움은 야만족에게만 해당하는 것이 아니다. 제국의 백성들도 어둠의 숲을 두려워했다.

야만족과 마찬가지로 범죄자들이 어둠의 숲으로 도망가면 쫓지 않는다.

어떤 경우엔 사형을 집행하는 대신 어둠의 숲으로 추방시킬 정도였다.

제국인이나 야만족이나, 어둠의 숲을 말하는 순간 죽음이라는 단어를 가장 먼저 떠올린다.

죽음을 연상시키는 어둠의 숲으로 레막이 망설임 없이 발길을 들여놓았다.

그의 걸음은 거침이 없었다. 누군가 이 모습을 보았다면 다음과 같은 반응을 보였을 것이다.

"위험하니까 얼른 돌아오시오."

"죽고 싶은 모양이네. 자살할 거면 곱게 죽을 것이지, 저길 왜 들어가."

이토록 위험하다고 알려진 어둠의 숲이건만 레막은 그러한 사실을 알지 못하는 것 같았다.

크르르.

섬뜩한 소리를 내는 무엇인가가 레막의 근처로 몰려들었다.

사달이 난 것일까?

거침없이 나아가던 레막이 걸음을 멈췄다.

잠시 후 레막의 앞에 날카로운 이빨을 드러낸 늑대가 모습을 드러냈다.

크앙.

그런데 늑대가 상체를 세워 두 발로 서 있는 것이 아닌가.

게다가 뭔가 이상했다.

머리는 분명 늑대였지만 목 아래는 늑대가 아니라 마치 곰을 보는 것 같았다.

늑대 곰이라 불러야 할지 곰 늑대라 불러야 할지 애매한 존재가 레막의 앞에 나타난 것이다.

일단 머리가 늑대인 만큼 늑대 곰이라 불러야 할 것 같았다.

늑대 곰은 모두 3마리.

낯설고 흉포한 맹수가 나타났음에도 레막의 표정에는 이렇다 할 변화가 없었다.

늑대 곰 3마리는 진득한 침을 흘리며 길게 늘어진 혓바닥을 날름거렸다.

레막을 먹잇감으로 인식한 모양이다.

늑대 곰은 레막을 앞에 두고 먹잇감 경쟁을 하는 것처럼 서로를 경계했다.

이를 지켜보던 레막이 코웃음을 쳤다.

"버르장머리없는 녀석들이군."

레막의 눈에서 시리도록 차가운 기운이 흘러나왔다.

찬 기운은 마치 살아 있는 생명체처럼 꿈틀거리더니 세 갈래로 나뉘어 늑대 곰의 입으로 스며들었다.

먹잇감 다툼을 하던 늑대 곰 3마리가 동시에 몸을 떨기 시작했다. 그와 동시에 고통스러운 신음을 내뱉더니 늑대 머리가 곰의 몸뚱이에서 분리되어 버렸다.

레막은 바닥에 쓰러진 3마리의 늑대 곰을 바라보며 혀를 찼다.

“이렇게 어설퍼서야.”

쓰러진 늑대 곰 뒤로 녹색 후드를 눌러쓴 이가 나타났다.

녹색 후드는 레막을 향해 90도로 허리를 숙였다.

“어서 오십시오.”

레막은 허리를 숙인 자를 향해 질책하듯 말했다.

“만들려면 제대로 만들어야 할 것이 아니냐. 봉합 고리와 신경 고리가 이리 쉽게 끊어져서야 어떡한단 말이냐!”

“죄송합니다. 제자가 미진하여.”

“첫 제자라는 놈이 이리 엉성해서야.”

“더욱 정진하도록 하겠습니다.”

“다른 아이들은?”

“지하 연구실에서 최종 실험체를 관리하고 있습니다.”

첫 제자 때문에 일그러진 레막의 표정이 더욱 망가졌다.

“아직도 제어를 못한 건가?”

“정신 고리 형성이 쉽지가 않습니다. 어렵사리 정신 고리를 만들면 최종 실험체가 끊기 위해 발악하는지라…….”

“못난 놈들.”

“조금만 더 시간을 주십시오. 반드시 완벽한 정신 고리를 만들어 내겠습니다.”

“연구실에 처박힌다고 실력이 느는 것이 아니지. 다들 데리고 나오너라.”

레막의 첫 제자가 숙이고 있던 허리를 세웠다.

"전부 말입니까?"

"그래, 전부 다."

"그러면 최종 실험체가……."

레막이 손을 저어 첫 제자의 말을 잘랐다.

"최종 실험체도 데리고 나오너라. 나머지는 3개의 고리를 전부 해제해라."

첫 제자가 깜짝 놀랐다.

키메라 서클에서 말하는 3개의 고리는 봉합, 신경, 정신이다.

육체를 연결하는 봉합 고리.

연결된 육체가 원래 하나였던 것처럼 움직일 수 있도록 하는 신경 고리.

완성된 키메라를 제어하기 위한 정신 고리.

이 세 가지 고리를 전부 해제하라는 것은 키메라에게 있어서 사형선고나 마찬가지였다.

지하 연구실에 있는 키메라만 수십 마리다.

그것들을 만들어 내기 위해 고생한 것을 생각하면 아직도 이가 갈릴 정도였다.

자신들의 피와 땀, 서러움과 울분이 담겨 있는 것들을 어찌 처분할 수 있단 말인가.

"스승님, 애써 만든 키메라가 아닙니까. 3개 고리를 해제하면 완전히 망가질 것입니다. 정신 고리와 신경 고리만 해제해서 잠재워 놓는 것이 좋지 않겠습니까?"

"그놈들은 어차피 최종 실험체의 완성도를 높이기 위한 도구일 뿐이다. 최종 실험체를 실전에 투입해 얻어진 연구 결과를 통해서 새롭게 만들면 된다."

"실전 투입이라니요?"

"최종 실험체를 활용해 볼 기회가 생겼다."

"그렇다면 여기 어둠의 숲을 벗어날 수 있는 겁니까?"

"그렇다. 목적지는 하늘산맥 너머에 있는 코렌스, 목표는 황제다. 하늘산맥까지 가는 동안 최종 실험체를 너희들이 제어하게 될 것이다."

"그렇게 되면 통제를 벗어날 수도 있습니다."

"그것도 좋은 경험이 될 것이다. 그리고 최종 실험체가 피에 취해 광기에 휩싸이는 것도 경험을 해 봐야지."

"그 말씀은?"

"큰 도시는 어렵겠지만 한적한 마을은 공격해도 괜찮다. 또한, 코렌스 안에서는 완전한 자유를 얻었다. 코렌스에 들어서는 순간부터 길드의 제약 따위는 잊어도 좋다."

"헉! 그 말씀은?"

"키메라뿐만 아니라 마법도 사용할 수 있다는 거지."

키메라 서클에 속해 있는 흑마법사들은 물론 키메라 연구에 몰두하고 있지만 기본적으로 흑마법사였다.

흑마법사로서 저주, 소환, 독과 같은 것들을 다룰 수 있었다.

"오, 드디어!"

"서둘러라. 오늘 안에 코렌스로 출발할 것이니까."

키메라 서클장 레막은 제자는 물론이고, 최종 실험체라 불리는 키메라를 데리고 코렌스로 향했다.

태양의 눈길 경매소 앞마당이 분주했다.

다섯 대의 마차는 경매소 안쪽에 있었고, 바깥쪽에는 새로 만든 튼튼한 수레가 일렬로 길 한쪽에 늘어서 있었다.

수레 주변엔 무장한 병력이 대기 중이었다.

수레를 지키는 병력 사이로 비무장한 사내들이 모여 있었다. 그들 중에 종이를 들고 있는 사내가 소리쳤다.

"가죽은?"

"소가죽 350장, 양가죽 300장, 염소 가죽 400장, 말가죽 200장 모두 정확합니다."

"옷감은?"

"양모 옷감 250롤 확인 끝났습니다."

"식기는?"

"금식기 50세트, 은식기 150세트입니다."

"좋군. 보석은?"

대답이 없자 종이를 든 사내가 사납게 소리쳤다.

"뭐야! 왜 대답이 없어."

"그건 저희가 확인할 수가 없는 겁니다."

"열쇠가 있는 것도 아니고, 자물쇠를 부숴서 열어 볼 수도 없는 일이 아닙니까."

"누가 안을 열어 보라고 했나. 숫자를 말해 봐."

"소형 상자 15개, 중형 상자 5개가 있었습니다."

종이를 든 사내가 이제야 만족스러운 미소와 함께 고개를 끄덕였다.

"늦어도 2시간 안에 출발할 것이니, 대기하고 있겠나."

"알겠습니다."

"염려 놓으십시오."

"다시 한번 짐을 점검하고 있겠습니다."

문서를 든 사내가 고개를 끄덕이고 경매소 안으로 발걸음을 옮겼다.

그는 경매소의 대소사를 책임지고 있는 비서 첼가드를 찾아가 물었다.

"아직입니까?"

"네. 아직도 끝나지 않은 것 같습니다. 출발 준비가 끝난 것입니까?"

"준비는 진작 끝났죠."

"점검이라도 하시죠. 짐이 만만치 않을 것인데요."

"벌써 네 번이나 확인했습니다."

난감한 표정을 지을 만도 했건만 첼가드는 미소를 잃지 않고 말을 이어 나갔다.

"부지런한 분들이시군요."

"구름다리 상단이 제국에서 손에 꼽힐 수 있었던 것도 부지런함과 철두철미함 때문이지요."

"그 부지런함과 철두철미함으로 수레 점검을 좀 더 하는 것이 좋을 것 같습니다. 두 분의 대화가 쉬이 끝날 것 같지가 않네요."

첼가드의 말에 문서 든 사내가 잠시 표정을 일그러트렸지만 금세 원상 복구시켰다.

"어쩔 수 없군요."

문서를 든 사내는 똑같이 생긴 다섯 대의 마차가 있는 곳으로 자리를 옮겼다.

재상부를 나와 경매소로 들어선 페톰은 곧바로 마티엔을 찾았다.

"오래 기다리게 해서 죄송합니다."

"재상부 수석 서기관이라면 바쁜 게 당연한 일 아니겠소. 조금 늦어진 것에 대해선 괘념치 마시오."

페톰은 여전히 수석 서기관이라는 자리가 언급될 때마다 불편했다.

'어떻게든 때려치워야 하는데.'

페톰은 수석 서기관과 관련된 이야기가 언급되는 것은 원치 않았기에 곧바로 본론으로 들어갔다.

"늦어도 보름 안에 병력이 모일 것 같습니다."

"얼마나 동원한 것이오?"

"예정대로라면 20만입니다."

마티엔은 저도 모르게 헛바람을 들이켜 숨을 고른 뒤에 말했다.

"어마어마한 숫자구려."

"서부 지역 귀족들은 물론이고 중부 지역 귀족들도 상당수 참여하기로 했습니다. 그것을 고려하자면 당연한 숫자라 할 수 있습니다."

"참가할 것이라 뜻을 전달한 귀족이 얼마나 되오?"

"숫자를 정확히 센 것은 아니지만 적어도 80개 가문 이상일 겁니다."

"허허, 재상이 확실하게 데로트 가문의 주인으로 인정받은 모양이오."

"토텔이 반역자들과 함께하는 순간부터 예견된 일이 아니겠습니까. 토텔이 보인 움직임으로 인해 둘째 파에 속했던 귀족들도 크게 분노하고 있는 상황입니다. 물론 새로운 데로트의 주인에게 잘 보이려는 의도도 있고요."

변절자들은 자신의 정체성을 증명하기 위해 더욱 강력하게 새로운 주인을 지지하기 마련이다.

그래야 자신들의 영향력과 입지를 넓힐 수 있기 때문이다.

데로트 가문으로 대표되는 서부 지역 귀족들이 제국의 실권을 잡은 것은, 황제를 대신해 혼란스러운 제국을 안정시키고 황제와 황실의 위엄을 세우겠다는 명분을 내세웠기 때문이다.

그런데 로강에서 탈출한 토텔이 데로트 가문의 이름으로 가짜 황제에게 충성을 맹세했다.

이것이 의미하는 바가 무엇이겠는가.

가짜 황제를 세운 것은 알렌 후작인데 그 가짜 황제에게 충성을 맹세했다면 제국의 실권을 알렌 후작에게 넘기겠다는 뜻과 진배없었다.

손에 쥐고 있는 기득권을 어찌 쉽사리 내줄 수 있을까.

반란군 토벌에 서부 지역 귀족들이 적극적으로 참여한 것은 바로 이러한 이유에서였다.

물론 이것뿐만이 아니다.

새로운 데로트 가문의 주인에게 눈도장을 받을 생각도 있었다.

"치열한 전쟁이 벌어지겠구려."

"염려보다 치열하지 않을 수도 있습니다. 재상은 올해 안에 반역자를 뿌리 뽑을 생각입니다. 그래서 20만이라는 대병력을 동원한 것이죠."

"반역자들도 토텔을 위해 10만에 가까운 병력을 투입하지 않았소?"

"그래서 20만이라는 대병력을 동원하는 것입니다. 강제징병까지 언급할 정도로 반역자들에 대한 토벌 의지가 강합니다. 제 생각에도 전쟁은 그리 오래 이어지지 않을 것입니다."

"작정을 한 것 같소?"

"이번 기회를 통해서 제국을 완전히 손아귀에 넣으려는 의도 같습니다. 반역자들을 토벌하고 나면 재상은 명실상부 제국의 일인자로 올라서는 것이니까요."

"반역자들을 토벌하는 것은 좋으나 토벌이 끝나면 재상이라는 새로운 적이 생기는 꼴이라니."

"그렇게 되겠지요. 폐하께서는 코렌스 밖으로 나오려 하실 것이고 재상은 어떻게든 막고자 할 테니까요."

"나로선 감당하기 어려운 일인 것 같소. 폐하께 전해야 할 것은 이것이 전부요?"

"한 가지 더 있습니다."

"무엇이오?"

페톰이 이야기를 했고 마티엔이 눈을 찌푸리며 노여움을 드러냈다.

"어처구니가 없구려. 어찌 그런 망극한 주장을 할 수 있단 말이오?"

"둘째 파에서 넘어온 귀족들의 주장입니다. 다행스럽게 타밀 감찰관이 강력히 반대 의사를 내보이고 있는 상태이기에 수면 아래로 가라앉아 있긴 하지만 동조하는 이들이 늘어나고 있는 것은 분명한 것 같습니다."

"알겠소. 반드시 폐하께 말씀 올리도록 하겠소."

"잘 부탁드립니다. 떠날 차비를 직접 챙겨 드리지 못해 죄송합니다. 사람을 시켰으나 부족한 것이 있다면 더 말씀해 주시지요."

"충분하오. 덕분에 편안하게 돌아갈 수 있게 되었소."

마티엔은 페톰과 함께 자리에서 일어나 경매소 입구로 자리를 옮겼다.

코렌스로 출발할 시간이었다.

다섯 대의 마차와 쉰 대의 수레가 이동을 시작했다.

코렌스로 이동하는 것은 이들뿐만이 아니었다.

모락의 아버지와 장인이 가산 정리를 마무리 짓고 가족과 제자들을 이끌고 코렌스로 향했다.

후작이라니까

"신기하네. 이렇게 잘 풀릴 수가 있는 건가?"

물품 거래소 소장에게 올라오는 보고서를 보고 있노라면 코렌스가 무섭게 발전하고 있음을 알게 된다.

놀라운 점은 이 모든 것이 1년도 지나지 않아 이루어졌다는 것이다.

"이런 속도라면 2~3년 안에 모리스나 데로트의 영지 못지않게 발전하겠는걸."

물론 켄델은 코렌스 밖으로 나가 본 적이 없고, 당연히 모리스와 데로트 가문의 영지가 얼마나 발전하고 부유한지 정확히 알지 못했다.

그저 물품 거래소 소장으로서 얻을 수 있는 정보를 토대로 예측할 뿐이었다.

어쨌든 켄델은 물품 거래소 소장으로서 뿌듯함과 동시에 남모르는 불안감을 품고 있었다.

갈수록 규모를 키워 나가는 상인과 상단, 그로 인해 거래액도 이전에는 상상도 못 할 정도로 늘어난 상태였다.

얼마 전엔 물품 거래소에서 하루 거래액 50골드를 넘어서면서 최고치를 경신했다.

산적 토벌이라는 소규모 전쟁으로 인한 특수이긴 했지만 어쨌든 거래액의 규모는 매일같이 상승일로를 걷고 있었다.

숫자를 통해 코렌스의 발전을 머릿속으로 그리고 있던 켄델이 손에 들고 있던 종이를 내려놨다.

켄델은 눈이 침침해지는 것을 느끼고 손바닥으로 눈과 눈썹 사이를 지그시 눌렀다.

이어서 손바닥을 돌려 마사지를 시도했다.

켄델이 마사지로 눈의 피로를 풀고 있을 때, 밖에서 소장님 하고 부르는 소리가 들려왔다.

켄델은 자리에서 일어나 문을 열었다.

소장실을 찾은 것은 물품 거래소의 판매부장이었다.

물품 거래소의 가장 대표적인 업무라고 할 수 있는 물품 판매를 책임지고 있는 사내였다.

켄델은 책상에 엉덩이를 걸치고 판매부장에게 물었다.

"지금이라면 한창 바쁠 것인데, 이 시간에 무슨 일인지?"

판매부장은 숨을 고른 뒤에 답했다.

"오전 거래 금액이 50골드가 넘었습니다."

켄델은 깜짝 놀랐다.

"벌써 말인가?"

"오전 거래 마감 시간이 아직 1시간 정도 남은 것을 감안한다면 60골드까지 늘어날 가능성이 있습니다. 어쩌면 70골드가 될지도 모릅니다."

지금까지 하루 거래액 최고치가 50골드였다.

그걸 오전 거래가 끝나기도 전에 갈아 치워 버리다니.

"도대체 어떻게 된 일인가?"

"거래액의 대다수가 사치품들이었습니다. 특히 거울은 진작 동이 났고, 유리그릇과 염색된 천도 불티나게 팔리는 중입니다."

물품 거래소가 처음 문을 열었을 때만 하더라도 매일같이 거래가 활발하게 이루어졌지만, 거래 규모가 커짐에 따라 효율적으로 운영하기 위해 4일 체제가 만들어졌다.

첫날 물품 판매, 둘째 날 물품 매입, 셋째 날 재고 파악, 넷째 날 휴식 및 판매 준비다.

"나흘 전에는 아예 안 팔리지 않았나?"

거울의 판매 금액은 1골드.

나흘 전에 하나도 팔리지 않아 사치품은 아직 코렌스에 맞지 않는 것 같다는 의견이 나왔다.

가격을 낮추어야 한다는 의견도 있었지만, 노움이 만든 물건이라 함부로 가치를 떨어트리기도 어려웠다.

그런데 나흘 만에 완판이라니.

"아무래도 예고 없이 나온 물건이라 그런지 일전에는 준비해 온 돈이 부족했던 모양입니다. 이번에는 아예 돈을 싸 들고 왔습니다."

"거울 재고가 20개였으니까, 그것만으로도 20골드로군. 놀랍군. 확실히 상단이 커지긴 한 모양이야."

"상단만 커진 것이 아닙니다. 독자적으로 활동하는 상인 중 상당수가 하루 거래액이 1골드를 넘겼습니다."

"예상보다 더욱 빠르군."

"고액을 교환하려는 자들도 자연스럽게 많아졌고요. 지금 당장은 문제 될 것이 없지만 앞으로 사치품 거래가 늘어날수록 금화 수요가 늘어날 것입니다."

"환전부장을 불러 봐."

켄델의 명령에 판매부장은 재빨리 환전부장을 데려왔다.

"요즘 환전부는 어떤가?"

환전부장은 켄델이 어떠한 답을 원하는지 알고 곧바로 대답했다.

"금화 사용량이 늘어났습니다. 얼마 전엔 큰 바위 상단에서 25골드를 환전해 갔습니다."

"25골드나?"

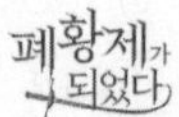

"개인적으로 활동하는 상인들도 3~5골드를 환전하기도 합니다."

"부족하지 않겠나?"

"제가 보기엔 충분한 것 같습니다."

판매부장이 끼어들었다.

"아닙니다. 흔히 큰손이라 불리는 자들이 대거 등장했습니다. 그들은 이미 상당한 재산을 쌓아 두고, 사치품이 풀리기를 기다리고 있습니다. 얼마 전에 저를 찾아와 저택을 갖고 싶다며, 저택 부지 임대가 언제쯤 이루어질지 물어보기도 했습니다."

"부지 임대는 관리관에게 물으면 될 것을 어찌 자네에게 묻는단 말인가?"

"그들이 원하는 저택 부지는 성 아래입니다. 부지를 임대해서 저택을 짓겠다고 나설 정도라면 이는 그들의 재산이 범상치 않음을 의미합니다. 거울을 보십시오. 순식간에 전부 팔려 나가지 않았습니까. 금화 수요는 예상보다 더 빠르게 늘어날 겁니다."

금화 수요가 증가한다는 것이 꼭 좋은 일만은 아니었다.

금화와 같은 고액권이 늘어나면 필연적으로 발생하는 문제점이 있었다.

켄델은 이번 일은 혼자 결정할 일이 아님을 깨달았다.

"안 되겠군."

켄델은 자리를 정리하고서 재빨리 나무노래성을 찾았다.

나무노래성이 자리 잡은 언덕에 올라온 켄델.

'벌써 나온 건가?'

성벽 증축이 이루어지고 있는 곳에 일정한 크기로 반듯하게 쪼개진 돌이 가득 놓여 있었다.

산적 토벌이 이루어지고 채석장이 가동되기 시작했다는 것을 알고는 있었지만 벌써 돌이 도착했을 줄이야.

나무노래성은 온갖 소음이 난무하고 있었다.

'폐하께서 자리를 옮기신 이유가 있네.'

켄델은 공사판으로 변해 버린 성을 둘러보며 멕신을 찾아나섰다.

멕신이 머무는 곳을 찾는 것은 그리 어려운 일이 아니었다.

나무노래성 관리관인 마티엔이 자리를 비움에 따라 멕신이 그를 대신하고 있었다.

성의 대소사가 그에게 보고되는 만큼 지나가는 사람 누구에게 묻건 쉽게 답을 얻을 수 있었다.

켄델은 궁인을 통해 멕신이 소회의실에서 손님과 이야기를 나누는 중이라는 것을 알게 되었다.

그에 수석 관리관 토비를 먼저 찾아가야 하는 것이 아닌가 고민이 생겼다.

황제가 자리를 비운 상황에서 황제를 대신하고 있는 것이 수석 관리관이었으니 말이다.

그러나 켄델은 토비를 찾아간다는 것은 스스로 지옥문을 여는 것과 같다는 걸 알고 있었다.

'잡혔다간 개고생이지.'

괜스레 찾아갔다가는 '성까지 찾아오고, 여유가 있나 보군. 그렇게 한가하면 같이 일이나 하지.'라며 목덜미를 잡힐 것이 뻔했으니까.

계단을 올라 소회의실에 거의 도착했을 무렵, 켄델은 회색과 검은 천으로 눈을 제외한 온몸을 감춘 이들을 발견했다.

모두 12명으로, 6명씩 복도 양쪽에 줄을 지어 서 있었다.

육중하고 거대한 체구를 보고 있노라면 판금 갑옷을 입고 천으로 감싸고 있는 것 같았다.

'하이오크들이군.'

켄델은 조금 놀라긴 했지만 당황하진 않았다.

물품 거래소 역시 하이오크에게 많은 도움을 받고 있었기 때문이다.

소회의실 문 앞에 도착하자 하이오크가 물었다.

"무슨 일이지?"

"멕신 부관리관님을 만나러 왔습니다."

"잠시만 기다려라."

하이오크 하나가 소회의실 안으로 들어갔다가 나와서 문을 열어 주었다.

"들어가라."

소회의실에 들어간 켄델은 멕신을 만날 수 있었다.

"어서 오십시오."

"손님을 만나는 중이신데 본의 아니게 방해가 되었습니다."

"사적인 손님이라 괜찮습니다. 그것보다 오늘은 물품 판매일일 것인데, 바쁘신 와중에 어쩐 일이십니까?"

"부관리관님께서 전에 말씀하였던 일이 일어났습니다."

"전에 말했던 것이라면…… 아! 벌써 그렇게 늘어났단 말입니까?"

"오늘 오전에만 거래된 액수가 50골드를 넘었습니다."

"오전에만 50골드라면 오늘 거래액이 100골드를 넘을 수도 있겠군요. 도대체 상단들의 규모가 언제 그렇게 커진 겁니까?"

"산적 토벌군의 군수품 보급에 상인들을 활용하면서 새 바위 마을에서 조직된 상단들이 급격히 세를 불린 것 같습니다."

"그래도 하루에 100골드라니, 믿기 어려운 금액이군요."

"사치품이 큰 비중을 차지하고 있습니다. 개인적으로 활동하는 상인들도 하루 거래액이 2~3골드에 이르는 자들이 상당수 있는지라 거래액이 늘어나는 것으로 파악 중입니다."

켄델은 판매부장에게 들었던 내용도 멕신에게 전달했다.

나무노래성 아래에 조성된 저택 부지 임대는 물론이고 다양한 사치품을 원하고 있다는 것까지도 알렸다.

“앞으로 금화 수요가 급격하게 늘어날 것 같습니다.”

“이렇게 되면 폐하께서 언급하셨던 일을 진행해야겠습니다.”

황제가 언급되었기에 켄델은 입을 다물고 멕신의 말을 기다렸다.

“빠른 시일 안에 환전부를 독립시키도록 합시다.”

“환전부를 독립시키다니요?”

“물품 거래소의 규모는 갈수록 커지고 있습니다. 거래소에서는 단순히 물건을 판매하는 것뿐만 아니라 매입, 환전, 징세까지 하는 실정이지 않습니까. 규모가 작을 때에는 문제가 될 것이 없지만 하루 거래액이 100골드에 이를 정도라면, 앞으로 계속해서 늘어날 것을 고려해서 업무를 분리하는 것이 좋을 것 같습니다. 우선 환전부를 환전소로 독립시키도록 합시다.”

켄델의 얼굴이 크게 밝아지는 것을 확인한 멕신이 이어 말했다.

“업무가 줄어들어서 좋으신 모양입니다.”

켄델은 기쁜 마음을 숨기지 않았다.

“숨통이 트일 것 같습니다. 그런데 금화와 같은 고액으로 거래가 편해지긴 할 것이지만 금고에 넣어 두고서 꺼내 놓지 않으려고 할 수도 있습니다. 이에 대한 대책도 마련되어야 할 것 같습니다.”

"그건 걱정할 필요 없습니다. 재산을 모은 자들이 사치품을 원한다고 하지 않았습니까. 그들이 금화를 토해 내도록 할 물건은 이미 준비 중입니다."

켄델이 호기심을 나타냈다.

"무엇인지 알 수 있겠습니까?"

멕신이 소회의실 벽에 걸려 있는 마법 등을 가리켰다.

켄델의 눈이 주먹만 해졌다.

"마법 등을 파신단 말입니까?"

"마법 등뿐 아니라, 노움이 만든 예술품들도 빼놓을 수 없지요."

켄델은 '아~!' 하는 탄성을 내뱉은 뒤에 무안한 표정으로 말했다.

"제가 괜한 걱정을 했던 것 같습니다."

"무슨 말을 그렇게 하십니까. 앞으로도 걱정스러운 일이 있으면 언제든 지금과 같이 찾아 주십시오."

"그렇게 봐 주시면 감사하지요. 그런데 환전소는 환전부 사람들로 채워지는 겁니까?"

"시작은 그렇게 하는 것이 좋을 것 같습니다."

"그러면 장소는?"

"성에 설치될 것입니다. 증축된 곳 중에서 성벽에 붙은 건물을 보셨을 겁니다."

켄델은 멕신이 언급한 건물이 무엇인지 알아차렸다.

성을 증축하면서 새롭게 만들어진 곳이다. 성벽과 연결되어 있는 특이한 구조인지라 눈이 갔었다.

용도가 무엇인지 궁금했는데, 그것이 환전소일 줄이야.

어쨌든 환전소까지 마련되었다면 지체할 필요가 무엇이겠는가.

"알겠습니다. 이미 환전소 독립을 위한 준비가 끝난 상태로군요. 돌아가는 즉시 환전부 독립 작업에 들어가겠습니다."

멕신이 고개를 저었다.

"그렇게 급하게 진행할 필요는 없습니다. 천천히 해 주세요."

켄델은 멕신의 말을 귀담아듣지 않았다.

"저는 이만 거래소로 돌아가 보겠습니다."

켄델이 나가자 소회의실 뒤쪽에 있는 휴게실에서 누군가 걸어 나왔다.

"거래소 일이 힘들긴 한가 봐."

멕신은 갑작스러운 목소리에도 놀라지 않고 차분하게 답했다.

"하루 거래액이 100골드입니다. 무엇보다 거래소가 물품만 판매하는 곳이 아님을 알고 계시지 않습니까."

"확실히 물품 거래소의 일이 많기는 하지. 그래서 환전부 독립을 준비한 것이고 말이야."

"폐하께서는 언제 출발하실 생각입니까?"

소회의실 휴게실에서 모습을 드러낸 것은 다름 아닌 익스였다.

"어허! 폐하라니. 후작이라고 불러 달라니까."

멕신은 재미있어 죽겠다는 표정인 익스를 보고 크게 한숨을 내뱉으며 말했다.

"소신은 해야 할 일이 산더미입니다. 내려가실 거면 얼른 내려가시죠."

횡재한 에낙스

나무노래성에 반나절가량 머물면서 토비와 멕신을 만난 익스는 곧바로 저택 부지를 찾았다.

넓게 잡힌 저택 부지에 8채의 저택이 우뚝 솟아 있었다.

상점에서 사들여 설치한 중형 저택이었다.

"하여간 인간들이란."

에쉬가 혀를 차며 익스의 곁으로 다가왔다.

익스는 에쉬가 말에 오른 모습이 볼 때마다 신기했다.

노윰의 키는 일반적으로 인간의 절반 정도다.

키가 작다면 당연히 타는 말도 작아야 할 테지만 노윰들은 말의 크기에 제약을 받지 않았다.

이에 대해 익스가 물은 적이 있었고, 에쉬는 다음과 같이 답했다.

"놈들을 이해하면 된다네."

노움은 말과 같은 동물을 훈련시켜 타고 다니는 것이 아니라는 것이다.

노움과 호빗이 키우는 가축들이 있긴 했지만 필요한 경우에는 야생동물도 설득해 타고 다닐 수 있다고 했다.

놀라운 점은 여기서 끝나지 않는다.

그들은 어떠한 야생동물이든 동의만 얻는다면 등에 올라탈 수 있었다.

이 '어떠한 야생동물'에는 당연히 맹수도 포함된다.

맹수의 경우 설득하기 전에 기선 제압이 필요하긴 했지만 어쨌든 탈 수 있다고 한다.

익스는 호빗의 도움을 받아 맹수에 오른 기사를 떠올려 보았다.

'괜찮을 것 같은데.'

하이오크가 요정 대륙에서 데려온 커다란 말이 코렌스에서 큰 인기를 구가하는 중이 아니던가.

제국의 말보다 힘이 좋다고 말이다.

커다란 덩치와 힘만큼이나 많이 먹긴 하지만.

익스는 설리반에게 사람을 보내기로 하고 에쉬에게 혀를 차는 이유를 물었다.

"왜 그러십니까?"

"저길 보란 말일세. 저택 8채가 똑같잖아. 기본 틀은 유지하면서 약간만 손보면 되는 것을 가지고 말이야. 하여간 심미안이라곤 눈곱만큼도 없다니까."

저택을 만든 당사자는 다름 아닌 익스가 아니던가.

시스템이 저택 외형에 대한 선택권을 주지 않아 어쩔 수 없었다고 말할 순 없었기에 얼버무리듯이 변명했다.

"급하게 만들어서 그럴 겁니다. 이제부터는 달라지겠죠."

익스는 저택 8채가 문제없이 자리 잡았다는 것을 확인하고서 말 머리를 남쪽으로 돌렸다.

익스는 새 바위 마을로 내려가다 잠시 휴식을 취했다.

아직 가도가 건설되진 않았지만 기존에 있던 길은 유지 보수가 이루어지고 있었기에 큰 불편함은 없었다.

비가 온다면 이야기가 달라지겠지만 비가 오지 않는다면 어지간한 가도보다 쓸 만했다.

나무노래성과 새 바위 마을을 잇는 길은 사람들로 북적거렸다.

익스 일행이 휴식을 취한 이유는 힘들어서가 아니라 사람들이 몰려들어 앞으로 나아가기가 어려웠던 탓이다.

일행이 휴식을 취하는 동안, 사람들이 주변을 기웃거리기 시작했다.

익스를 보기 위함이 아니라 에쉬 때문이었다.

나무노래성과 새 바위 마을을 오고 가는 자들은 대다수가 크고 작은 상인들이었다.

상인 입장에서 노움의 존재는 그야말로 황금알을 낳는 거위와 같았다.

그러나 그들은 쉽사리 다가오지 못했다.

엄청난 위압감을 풍기는 호위병이 굳건히 자리를 지키고 있었기 때문이다.

호위병들의 정체는 사나운도끼와 하이오크 원로들이었다.

"정체가 뭐지?"

"딱 보면 모르겠어? 하이오크잖아."

"왜 얼굴을 가린 거야?"

"내가 보기에는 하이오크 기사들 같다."

"무슨 소리를 하는 거야, 저들이 기사라니. 설마 폐하께서 저들을 기사로 임명했다는 거야?"

"그게 아니라, 하이오크 내에서 기사와 같은 존재라는 말이야."

"아~ 그런데 넌 그걸 어떻게 알아?"

"너도 소문을 들어 봤을 것 아니야. 물품 거래소로 들어가는 수레를 훔친 미친놈들 말이야."

"금방 잡혔다고 했던 것 같은데."

"그 미친놈들을 잡은 게 하이오크 기사라 하더라. 그리고 거래소 금고를 털려던 놈들이 쥐도 새도 모르게 사라진 것도 그들 때문이란 이야기가 있어."

물품 거래소의 금고에 적게는 수백, 많게는 수천 개의 금화가 있다는 것은 이미 잘 알려진 사실이었다.

일반적인 경우엔 '엄청나구나.'라는 생각을 하겠지만 별난 이들 중엔 '거길 털면 부자가 된다!'라고 생각하는 이들도 있었다.

"그래서 있는 거구나."

"뭐가 있다는 거야?"

"노움족이잖아. 살아 있는 보물 아니냐."

"그 말이었어? 그렇긴 하지. 저런 보물이 움직이는데 호위병이 없으면 그게 이상한 거지."

"아깝다. 노움만 제대로 잡아도 대박일 텐데."

"돈도 많이 버는 녀석이 뭐가 그리 욕심이 많아?"

"많이 벌면 뭐 하냐. 쓰기 바쁘다. 자식들 먹여 살리는 것이 쉬운 줄 알아?"

"좋다고 결혼할 땐 언제고."

"허이구, 네놈처럼 엉뚱한 곳에 쓰는 것보단 낫다. 여자 뒤꽁무니만 쫓아다니면서 날린 돈이 얼마냐."

"이 자식이 뼈 때리네."

익스는 휴식을 취하는 동안 에낙스를 불렀다.

"찾으셨습니까, 후작님."

대역을 세우고서 요새를 떠난 익스는 스스로 후작이라 칭했다.

황제의 측근이라 알린 것이다.

코렌스와 같은 변방에 갑작스레 나타난 후작을 의심스럽게 볼 수도 있겠지만 황제가 있는 마당에 후작이 무슨 대수겠는가.

정체를 의심한다면 황제가 새롭게 임명한 후작이라 하면 되는 것이다.

의심할 사람도 없을 테지만.

어쨌든 익스는 에낙스를 향해 물었다.

"결정을 내렸나?"

에낙스는 하늘 길 요새에서의 일을 떠올랐다.

로인 관리관이 작성한 추천장이 황제에게 전달되는 것임을 그때서야 알게 된 것이다.

높은 분을 만날 것이라고 예상하긴 했지만 설마 황제일 줄이야.

에낙스는 황제를 어찌 만나야 할지 걱정이 앞섰다.

후회가 밀려오기도 했다.

괜한 욕심에 쓸데없는 짓을 벌인 것은 아닐까.

이번 일이 황제와 연관된 일임을 알았다면 관리관 앞에서 그리 당당하게 나설 수 없었을 것이다.

오대 주신의 도움이 있었던 것일까?

에낙스가 황제와 마주하는 일은 일어나지 않았다.

근위병을 통해 황제가 상단을 인수하기로 결정을 내렸다는 통보를 받았을 뿐이다.

이후 상단 인수에 관한 세부적인 사항은 후작과 논의해야 한다는 센드의 말을 들을 수 있었다.

그 후작이 바로 눈앞에 있는 금발의 미청년이었다.

에낙스는 머뭇거리다가 어렵사리 입을 열었다.

"만약 저희 상단이 인수된다면 폐하의 명에 따라야 하는 것입니까?"

"폐하께서 하실 일이 산더미처럼 쌓여 있네. 그런 분이 상단 같은 것에 관심을 가질 것 같은가?"

"후작님께서 말씀하시길……."

익스가 에낙스의 말을 잘랐다.

"로인 관리관의 추천서를 보고서 폐하께서 허락하셨을 뿐이네. 그 이상의 관심은 없어. 실질적인 책임자는 당분간은 나일 것이고, 시간이 지나면 다른 누군가가 맡게 되겠지."

후작 일행과 닷새를 함께하고 있었지만 이제야 상단 인수에 대한 이야기를 나누는 것이다.

지난 닷새 동안 에낙스는 좌불안석이었다.

황제가 말한 상단 인수가 정확히 어떠한 의미인지 알 수 없었기 때문이다.

"만약 상단이 인수되면 기존 투자자는 어떻게 되는 겁니까?"

"당연히 그들이 가진 지분도 폐하께서 사들이시겠지."

"그들이 쉽사리 팔지 않을 것입니다."

"팔지 않으면 팔게 만들면 되는 것이 아니겠나."

에낙스의 얼굴이 하얗게 변했다.

익스는 에낙스의 마음을 읽고서 말을 이었다.

"괜한 착각은 하지 말게. 폐하께서 어찌 백성들의 것을 함부로 빼앗으시겠는가. 웃돈을 주고서 지분을 구매하려는 것일세. 자네 지분까지 모두 말이야."

익스가 본 로인의 서신에는 15인회 상단의 짤막한 역사가 상세히 기록되어 있었다.

이름부터 특이한 15인회 상단은 익스의 흥미를 끌기에 충분했다.

15인회 상단에서는 지분 개념을 도입했고, 이익금 배당까지 이루어지고 있었다.

15인회 상단에 이익이 생길 때마다 투자자들에게 지분 비율에 맞추어 이익금을 배당한다는 소문이 퍼지자 많은 이들이 15인회 상단의 지분을 사들이고자 했다.

물론 15인회 상단의 투자자들 중에서 지분을 판매하는 사람은 없었다.

이름에서 알 수 있듯이 지분을 가진 15명의 투자자 모두 상단에서 일하고 있었기 때문이다.

상단은 꾸준히 발전하고 있는 만큼, 향후 얻게 될 수익이 점점 많아질 것은 바보가 아닌 이상에야 모를 리가 없었다.

"그리고 자네들은 그대로 고용할 생각이네. 그렇지 않아도 코렌스 밖으로 물건을 팔 생각이었으니까. 자네들은 이제부터 코렌스에서 장사하는 것이 아니라 코렌스 밖에서 활동하게 될 걸세."

"고용을 해 주신다면 저희들은 어떤 직책을 가지게 되는 것입니까?"

"지금 그대로일세. 크게 달라질 것은 없어. 단지 고용된 상단주일 뿐인 것이지."

에낙스는 혼란스러웠다.

황제에게 상단주로 고용되는 것이 과연 좋은 일인지 나쁜 일인지 파악되지 않았다.

다만 황제가 주인인 상단이라면 뭔가 대단한 것 같다는 생각이 들긴 했다.

"그러면 상단 이름은?"

"내가 말하지 않았나. 달라지는 것은 없네. 그저 주인이 바뀌었을 뿐이야."

"아……."

"자네 설마 상단 이름에 황실이라는 단어를 가져다 붙일 생각이었나?"

“아, 아닙니다.”

“표정을 보아하니 기대했던 모양이군. 어림도 없는 소리 말게.”

에낙스는 황급히 머리를 조아렸다.

‘어차피 거부할 수도 없잖아.’

에낙스는 그냥 받아들이기로 했다.

황제가 뜻을 밝힌 이상 거부할 수도 없는 일이었다.

쫓겨나는 것도 아니고 상단을 황제에게 팔고서 고용까지 보장되는 것이라면 손해는 아닐 것이라 판단했던 것이다.

‘그나저나 웃돈은 얼마쯤 되려나?’

에낙스가 조심스럽게 물었다.

“지분은 얼마나 구매하실 생각인지요?”

“자네 상단의 현재 가치가 얼마나 되는가?”

“정확히 파악을 해 봐야 할 것이지만 대략 20~30골드가량 될 것입니다.”

“지분의 가격은 상단이 가진 재산과 맞추어져 있겠지?”

“그렇습니다.”

“그렇다면 10배에 사도록 하겠네.”

“10, 10배…… 헉!”

에낙스는 자신의 귀를 의심했다.

10배라면 적게는 200골드고, 많으면 300골드에 이른다.

상단의 지분 중 절반을 에낙스 가족이 가지고 있었다.

이것을 감안하면 상단을 황제에게 판매하는 순간, 100~150골드라는 거금이 에낙스의 가족에게 떨어지는 것이다.

이득은 자신들만 얻는 것이 아니었다.

함께 상단을 꾸려 나가고 있는 동료들 또한 8~12골드 정도를 손에 쥐게 된다.

그야말로 숨이 막히는 순간이었다.

'최소한 100골드야!'

100골드라면 귀족들도 흠칫 놀랄 정도의 금액이었다.

에낙스는 손으로 허벅지를 꼬집었다.

꿈인지 현실인지 알아보기 위함이었다.

통증이 밀려옴에도 달라지는 것은 아무것도 없었다.

에낙스는 모든 것이 현실임을 깨닫고 바닥에 주저앉아 버렸다.

바닥에 주저앉은 것은 에낙스뿐만이 아니었다.

센드도 마찬가지였다.

에낙스가 크게 놀라 바닥에 주저앉았다면 센드는 지쳐서 쓰러진 것이었다.

"한계라고 생각하지 마라. 네 몸은 네가 생각하는 것보다 더욱 강력하다. 어서 일어나라!"

"크아~!"

우렁차게 터져 나오는 고함에, 근처에서 휴식을 취하는 자들과 길을 오고 가던 자들이 고개를 돌렸다.

센드는 고함과 함께 자리에서 일어났다.

"이를 악물고 버텨라!"

센드는 큼지막한 바위를 품에 안고서 다시 몸을 일으켜 세운 뒤에 기마 자세를 유지했다.

센드를 몰아붙이고 있는 것은 사나운도끼였다.

그는 엄한 스승이었다.

쓰러지지 마, 로인!

익스는 새 바위 마을로 내려가는 동안 에낙스를 곁에 두었다.

15인회 상단이 흥미롭긴 했으나 그것만으로 거금을 주고 인수를 선택한 것은 아니다.

현재 요정 대륙과 교류하면서 무섭게 성장하고 있긴 하지만 바다라는 장애물은 쉽사리 극복해 낼 수 있는 것이 아니었다.

요정 대륙 수염 고래 마을에서 열심히 배를 만들어 내고 있지만 원활한 교류를 위해선 수년의 시간이 더 필요했다.

무엇보다 언제까지 문을 걸어 잠글 수는 없었다.

고립을 선택했더라도 밖에서 일어나고 있는 일에 귀를 기울여야 했다.

언젠간 하늘산맥 너머로 진출해야 하기 때문이다.

페톰을 아네스로 보내서 경매소를 열게 한 것도 제국의 사정을 정확히 파악하기 위함이었다.

경매소를 열긴 했으나 거리가 거리인 만큼 빠른 정보 전달은 어려웠다.

현시점에서 가장 좋은 방법은 역참을 운영하는 것이지만 황제의 영향력이 미치는 지역이라고는 코렌스가 전부다.

이때 나온 의견이 상단을 파견해 비공식적으로 역참을 운영하자는 것이었다. 상단 활동을 핑계로 주요 거점에 지부를 설치한다면 역참으로 활용할 수 있을 테니까.

그러나 차일피일 미뤄진 이유는 초기에 팔 물건이 없어서였고, 지금에 이르러서는 상단을 운영할 사람이 없었기 때문이다.

셀비라는 믿음직스러운 인재가 있긴 했으나 안타깝게도 활용할 수가 없었다.

이토록 난감한 상황에 놓여 있을 때 로인이 익스에게 쓸 만한 자를 추천해 주었다.

익스가 에낙스의 15인회 상단을 평가하면서 가장 중점을 둔 것이 '믿을 수 있느냐'인데, 이는 상단으로서의 역할도 중요하지만 때에 따라선 정보원으로서 활동도 해 주어야 했기 때문이다.

가짜 황제를 내세운 반역자들이 토벌되는 순간부터는 치열한 권력투쟁에 들어갈 테니 말이다.

도린이 이끄는 데로트 가문과 대립하게 된다면 경매소에서 양질의 정보를 획득하기 어려웠다.

경매소가 황제와 밀접한 관계에 있다는 것은 도린의 심복인 타밀이 알고 있었기 때문이다.

그때를 대비해서라도 드러나지 않은 정보 조직이 필요했다.

코렌스 출신 상단이라면 견제를 받긴 하겠지만 꼭 필요한 물건을 판다면 마냥 견제하기도 어려울 것이다.

당연히 판매할 물건은 이미 준비가 끝난 상태였다.

익스는 하이오크의 호위를 받으며 에낙스와 나란히 말을 몰고 있었다.

"마을에 도착하면 곧바로 상행 준비에 들어가도록 해. 준비하려면 얼마나 걸리겠나?"

"물건에 따라 달라질 것 같습니다."

"물건이 준비되면 곧바로 출발 가능하다는 건가?"

"곧바로는 어렵더라도 하루 정도면 충분할 것 같습니다."

"그렇단 말이지. 수레는 얼마나 있나?"

에낙스가 어색하게 웃으며 대답했다.

"열 대입니다."

"열 대라면 부족한 것 같은데."

"저기……."

"할 말이 있으면 얼른 해 보게."

"수레는 열 대지만 말이 6마리밖에 없어서 상행에 활용할 수 있는 수레는 여섯 대뿐입니다."

에낙스는 민망했다.

받은 돈에 비해 상단의 규모가 보잘것없었기 때문이다.

"부족한 수레는 폐하께서 내주실 것이야. 쉰 대까지 늘릴 생각인데, 그걸 운영할 사람을 구하려면 얼마나 걸리겠나?"

"코렌스 밖으로 나갈 수 있다는 점을 활용한다면 이틀 안에 가능합니다."

"어중이떠중이는 필요 없네. 믿을 만한 자들이 필요해. 상행을 한두 번 할 것도 아닌데, 계속 고용해야지."

"그러면 일주일은 주셔야 할 것 같습니다."

"일꾼이 준비되면 로인 관리관을 통해 수레를 전달받도록 해."

"알겠습니다. 그런데 저희들이 팔아야 할 물건이 무엇인지 알 수 있겠습니까?"

"연필과 도자기야."

연필과 도자기라면 어디서든 팔릴 물건이긴 했지만 에낙스의 머릿속에서는 창고에 가득 찬 약초가 떠나지 않았다.

"약초가 아니었습니까?"

"약초도 가져가긴 하겠지만 팔지는 않을 것이네."

애써 가져간 약초를 어째서 팔지 않는단 말인가.

에낙스는 의문이 치솟았으나 물어볼 엄두를 내지 못했다.

토비를 만나기 위해 수석 관리관실을 찾은 멕신은 홀로 의자에 앉아 생각에 잠겨 있었다.

수석 관리관실의 주인은 성 증축 공사를 살피느라 잠시 자리를 비운 상태였다.

멕신은 토비가 일 때문에 오랫동안 관리관실을 비우지는 못한다는 걸 알고 있었기에 홀로 기다리고 있는 중이었다.

"휴우……."

멕신이 크게 한숨을 내뱉을 때였다.

"한숨 소리에 땅이 꺼지겠어."

갑작스레 들려온 토비의 목소리였지만 멕신은 벌떡 자리에서 일어났다.

"이제 오셨군요."

"이제는 무슨, 내가 들어온 지가 언제인데. 불러도 대답이 없어서 계속 지켜보고 있었단 말일세."

"죄송합니다. 이것저것 신경 쓸 것이 많다 보니."

"적당히 하게, 적당히. 그러다가 자네 살이 다시 빠지겠어. 이제야 좀 사람 같아 보이는 마당에 다시 빠져서야 되겠나."

맥신이 의아하게 물었다.

"요즘 들어 이상하게 제 살에 관심이 많으신 것 같습니다."

"폐하의 명이 있으셨네. 자네 살을 좀 찌우라고 말이야."

"폐하께서요?"

"자네가 오죽 말랐으면 그러겠나. 건강은 젊을 적부터 챙기는 것이 좋아. 그것보다 도대체 뭘 그리 생각한 건가?"

"폐하 때문입니다."

"폐하께서 왜?"

"폐하께서 대역을 세웠다고는 하지만, 이대로 외유하시는 것이 괜찮을까 싶어서 그럽니다."

"난 그것이 더 안전한 것 같은데."

"일견 그렇게 보일 수도 있겠지만 상대는 흑마법사들이라 하지 않았습니까. 그들이 올지 안 올지는 모르겠지만 오게 된다면 큰 위협이 될 것입니다. 혹시라도 요새에 있는 자가 폐하의 대역이라는 것을 알게 된다면 어떠한 반응을 보일지 예측할 수가 없습니다."

토비가 고개를 저었다.

"그들이 어찌 폐하께서 대역을 세웠다는 것을 알 수 있겠나. 근위대는 물론이고 알베스 님까지 요새에 머물고 있네. 폐하께서 대역을 세웠다고 여기긴 어려워. 마티엔 관리관도 조만간 도착할 것이고 말이야. 그가 요새의 자리를 지키고 있으면 문제 될 것이 없네."

"그렇긴 하겠지만……."

"불안한가?"

"흑마법사들이 아닙니까? 그 무시무시한 자들을 상대한다는 것은 아무래도 무리가 아닐까 싶습니다."

"그러고 보니 자넨 마티엔 관리관이 백마법사로서 얼마나 뛰어난지 모르겠군. 말로만 들었으니 말이야."

멕신의 걱정은 마티엔의 능력을 정확하게 알지 못함으로써 솟구친 것이었다.

마티엔의 능력을 알고 있는 이들은 바람막이산 유적지에 동행했던 자들이 전부다.

말로 듣는 것과 실제로 경험하는 것에는 큰 차이가 있었다.

무엇보다 200년 넘도록 쌓여 온 흑마법사들의 악명도 한몫 단단히 했다.

흑마법사란 대악마, 몬스터, 재앙이라는 단어와 동일어 취급을 받았기에 백성들이 가지는 공포감이란 이루 말할 수 없을 정도다.

이에 반해 백마법사에 대해선 알려진 바가 거의 없었다.

흑마법사와 백마법사가 다른 존재임을 알고 있는 것만으로도 멕신이 지식인임을 말해 주는 바였다.

"그 점은 걱정하지 말게. 폐하께서는 마티엔 관리관만으로도 충분하다고 말씀하셨음에도 대비책을 마련해 놓으셨으니까."

"신관들 말입니까?"

"신관뿐만이 아닐세. 마티엔이 자리를 비운 이유가 백마법사들을 데려오기 위함이니까."

"백마법사들이 많다면 좋은 일이긴 하죠. 그런데 신관들이 코렌스까지 올지도 의문입니다. 거기에 신관들이 백마법사들을 어찌 볼지도 의문이고요."

"폐하의 말씀에 따르면 태양 신 교단의 신관들은 믿을 수 있다고 하셨네. 나도 같은 생각이고 말이야. 그러니 괜한 걱정 말게나."

"제가 괜한 걱정을 하는 것이었으면 좋겠습니다."

"좋게 생각하게. 폐하께서 대역을 세움으로 인해 채석장과 돌가루 마을의 문제도 해결되었네. 폐하의 안전은 물론이고 우리의 숨통까지 트인 것이지."

"폐하께서 안전하시다면 확실히 좋은 일이긴 합니다. 다만 누군가는 희생을 해야겠지요."

토비가 안타까운 표정으로 고개를 끄덕였다.

"대역으로 나선 자가 위험하긴 하겠지."

"제가 말한 희생자는 폐하를 대신하는 자가 아닙니다."

"그럼 누군가?"

"로인 관리관을 말하는 것이었습니다."

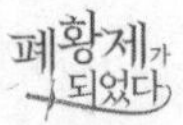

"로인 관리관이 왜?"

"폐하께서 자세히 말씀하지 않으셨지만 하늘산맥에 있는 마을들을 살펴보아야 한다고 이야기하셨습니다. 그것뿐만이 아닙니다. 에쉬 님과 함께 무슨 연구소를 만들어야 한다고 했고, 벌레도 찾아야 한다고 하셨습니다. 이것이 의미하는 것이 무엇이겠습니까?"

토비의 표정이 어두워지는 것을 확인한 멕신이 말을 이어 나갔다.

"제가 생각하기에는 폐하께서 진득이 마을을 관리하실 것 같지 않습니다. 자주 자리를 비우시게 되겠지요. 그렇게 된다면 누군가는 폐하를 대신해야 할 것입니다. 그 누군가는 누구일까요?"

토비는 자연스럽게 로인의 얼굴을 떠올렸다.

"로인 관리관이군. 하지만 폐하께서도 어느 정도 일은 하실 것이네."

멕신이 고개를 저었다.

"수석 관리관님도 폐하의 표정을 보셨다면 저와 같은 생각을 하셨을 겁니다. 저의 착각이길 간절히 바라지만, 아마도 로인 관리관이 꽤나 고생하게 될 것 같습니다."

토비가 안타깝게 말했다.

"고생하겠군."

"전 그가 끝까지 버텨 내길 오대 주신께 기도하고 싶습니다. 만약 그가 쓰러지기라도 한다면…….”

멕신이 말끝을 흐리며 토비와 눈을 마주쳤다.

토비의 눈동자가 심하게 요동쳤다.

“다음번은 우리가 되겠군.”

“맞습니다. 둘 중 하나는 내려가야 할 수도 있습니다. 현재 관리관이 2명인 곳은 이곳뿐이니까요.”

“로인 관리관에게 피로 회복에 도움을 줄 수 있는 약초를 보내야겠어.”

“최상급으로 챙겨 주는 것이 좋을 것 같습니다. 그게 아니라 아예 포겔 님에게 도움을 받는 것이 어떨까 합니다.”

“호빗에게?”

“포겔 님이 새 바위 마을에 내려가서 자리 잡으신 이유가 약초 때문입니다. 호빗들이 약초에 관심을 가지는 이유가, 대대로 내려오는 비법으로 약을 만들면 건강 증진에 큰 도움이 된다고 들었습니다. 그걸 만들어 폐하께 선물할 것이라 말했을 정도입니다.”

“호빗들이 자신 있게 말할 정도라면 효과가 확실하겠군.”

“호빗의 비법이라고 하기에 자세히 묻지는 못했지만 확실히 효과가 있을 것 같습니다.”

토비와 멕신은 한마음 한뜻으로 로인의 건강을 위해 포겔에게 보낼 서신을 빠르게 작성했다.

로인은 데이카와 마주 앉아 이야기를 나누고 있었다.
“경비 병력은 얼마나 확보했나?”
“700까지 늘렸습니다.”
“더 늘려야 할 거야.”
데이카가 눈을 크게 떴다.
“여기서 더 말입니까?”
“일단 천까지 늘리게. 당장은 마을 안정에 투입되겠지만 나중엔 요새로…….”
데이카와 한참 이야기를 나누던 로인은 갑작스레 등골에 서늘함이 느껴짐과 동시에 팔뚝에서 닭살이 돋아 올랐다.
로인이 갑자기 말을 끊자 데이카가 물었다.
“왜 그러십니까?”
로인도 당황스러운 표정으로 말했다.
“별일 아닐세. 갑자기 오한이 찾아온 모양이야.”
“건강을 챙기셔야겠습니다.”
데이카의 걱정스러운 말에 로인이 밝게 웃으며 답했다.
“그렇지 않아도 좀 쉴 생각이네. 관청에 일하는 자들도 일이 손에 익은 것인지 실수가 거의 없더군. 이젠 마음 놓고 하루 이틀 정도는 쉴 수 있을 것 같아.”

실벌레

마티엔은 풀밭에 앉아 눈을 감고 있었다.

잠든 것이 아니라 맞은편에 앉아 있는 여인의 시선을 회피하기 위함이었다.

마티엔을 바라보고 있는 여인은 지나치게 아름다웠다.

마치 뛰어난 조각가가 상상 속에서나 존재하는 아름다움을 표현해 놓은 것 같았다.

치명적인 아름다움을 뽐내는 여인을 앞에 두고 있다면 누구든 똑바로 마주 보기 어려울 것이다.

"이젠 괜찮지 않나요? 하늘 길 요새에 거의 도착했어요."

마티엔이 여인의 아름다움 때문에 눈을 감은 건 아니었다.

"정말 한마디도 하지 않으실 작정인가요?"

그녀는 쉴 때마다 마티엔을 찾아와 이런 식으로 답을 요구했다.

마티엔이 감았던 눈을 떴다.

“요렉의 양녀라 했소?”

아름다운 여인이 허탈한 표정을 지으며 말했다.

“일주일 만에 하시는 말씀이 겨우 저에 관해 묻는 건가요? 제가 누구인지는 진작 알려 드린 것 같은데요. 요렉의 양녀 셀리나라고 말이에요.”

셀리나가 언급한 것처럼 마티엔은 아네스를 출발하고서 지금까지 이렇다 할 말이 없었다.

셀리나는 아네스에 나타났다는 문양을 보고받고서 한달음에 달려왔다.

‘드디어!’라는 말을 되뇌며 떨리는 심정으로 태양의 눈길이라는 경매소에서 마티엔과 만남을 가졌다.

처음 마티엔과 마주했을 때, 셀리나는 커다란 충격을 받았다. 자신으로서는 도저히 마티엔의 능력을 측정할 길이 없었기 때문이다.

올해 고작 스무 살인 셀리나였지만 5서클에 오른 1명의 백마법사로 당당히 인정을 받았다.

이제 한 서클만 더 뛰어넘으면 스승들과 같은 경지에 들어서게 된다. 물론 그 한 서클을 오르기가 쉽지는 않을 것이지만 셀리나는 자신이 언젠가 6서클에 올라설 것이라 믿어 의심치 않았다.

6서클을 앞두고 있음은 물론이고 6서클 백마법사들을 스승으로 모시고 있는 셀리나였기에, 6서클에 오른 마법사가 어떠한 기운을 풍기는지 잘 알고 있었다.

그러나 마티엔은 그녀로서도 파악이 되지 않는 존재였다.

요렉은 마티엔을 두고 백마법사들의 희망이라고 말했다.

어찌하여 그리 높게 평가하였는지를 마티엔과 마주한 순간 깨달았다. 그와 동시에 셀리나는 마티엔이 7서클에 오른 대마법사라 확신했다.

셀리나는 7서클 대마법사를 만난 만큼 물어보고 싶은 것이 너무도 많았다.

그러나 셀리나가 품었던 기대는 산산조각 났다.

수시로 마티엔을 찾았지만 대화다운 대화를 나눈 적이 없었던 것이다.

마티엔의 대답은 오직 하나였다.

"하늘 길 요새로 갑시다."

이러한 상황에 셀리나의 눈빛이 어찌 호의적일 수 있겠는가.

셀리나를 불편하게 만든 것은 이것만이 아니었다.

아네스에서 출발할 때는 마차 다섯 대와 수레 쉰 대가 동행하고 있었지만 지금은 말이 전부였다.

마차와 수레로 인해 늦어질 것 같다면서 마티엔이 말을 타고 달려가 버린 것이다.

셀리나는 별수 없이 상단 간부 5명을 대동해 마티엔을 쫓았다.

마차와 수레를 버릴 수는 없는지라 남아 있는 간부에게 맡겨 두었다.

셀리나 일행은 어렵사리 마티엔의 뒤를 따라붙을 수 있었다.

그렇게 닷새를 동행하고 있는 중이다.

이런 상황인데 어찌 셀리나의 눈빛이 고울 수 있겠는가.

"요렉은 언제 오는 것이오?"

셀리나의 아름다운 얼굴이 잔뜩 일그러졌다.

"올해 안에는 힘들 거예요. 그래서 제가 대신 온 거죠."

셀리나는 은연중에 자신이 요렉의 권한을 위임받았음을 밝혔다. 이렇게 한다면 마티엔의 반응이 달라지지 않을까 싶어서였다.

그러나 셀리나의 기대는 어디까지나 기대일 뿐이었다.

마티엔은 고개를 끄덕이고서 다시 말에 올랐다.

셀리나는 화가 머리끝까지 치밀어 올랐지만 가라앉힐 수밖에 없었다.

아무리 떠들어 봐야 마티엔의 입은 열리지 않았을 것이다.

말을 타고 달려 나가는 사람에게 뭘 물을 수도 없는 일이었다.

뒷덜미를 낚아채고 싶은 마음이 굴뚝같았지만 어디까지나 생각일 뿐이었다.

"하아."

셀리나는 깊은 한숨으로 끓어오르는 화를 달래며 말에 올랐다.

그나마 다행이라면 늦어도 내일이면 하늘 길 요새에 도착할 것이란 사실이었다.

'요새인지 뭔지에 들어서면 멱살을 잡고서라도 물어본다.'

셀리나는 마티엔의 등을 노려보며 부득 이를 갈았다.

새 바위 마을 관청에서 일하는 32명의 하급 관료들이 일이 손에 익기 시작하면서 로인에게 여유라는 것이 찾아왔다.

처음 고용했을 때만 해도 매일같이 실수를 연발했지만 이젠 달랐다.

뛰어나다기보다는, 로인이 나서지 않아도 알아서 일을 처리할 정도가 되었다고 말하는 것이 맞을 듯싶다.

로인이 데이카에게 쉴 수 있다고 말할 수 있었던 것도 이러한 이유 때문이었다.

로인은 데이카를 돌가루 마을로 돌려보내고 곧장 휴식 시간을 가졌다.

휴식을 즐기는 동안 로인은 가족들을 떠올렸다.

아네스에 살고 있는 가족들을 코렌스로 데려올 때가 되었음을 느낀 것이다.

마침 황제가 내준 커다란 저택도 있지 않던가.

가족들을 데려올 시기를 고민하던 로인에게 하급 관료가 찾아왔다.

일을 완전히 손에서 놓으려 했으나 현실은 그리 녹록지 않았다.

"무슨 일인가?"

"실벌레를 찾았다는 자가 나타났습니다."

실벌레란 황제가 찾고 있는 벌레를 말한다.

이름의 유래는 하얀 뭉치를 발견하면서부터다.

고양이 사냥꾼이 발견한 하얀 뭉치가 실을 뭉쳐 놓은 것과 같다며 실벌레라고 부르기 시작하면서 자연스럽게 붙여진 이름이었다.

"그걸 벌써 찾았다고?"

"찾았다고 주장하고 있습니다."

"주장하고 있다면 실벌레를 가져온 것은 아닌 모양이군. 요즘 들어 사기꾼이 늘어난다는 소문이 있던데."

하급 관료가 고개를 흔들었다.

"사기는 아닐 겁니다. 실벌레를 찾았다고 하는 자가 고양이 사냥꾼으로 유명합니다. 제법 이름을 날리고 있는 만큼, 허튼

소리라 여겨지진 않습니다.”

“믿을 만한 자란 말이지? 그러면 실벌레를 가져오지 못한 이유는 무엇이라던가?”

“실벌레의 서식지가 있는데, 그곳을 벗어나면 얼마 안 가 죽어 버린다고 합니다.”

“서식지가 어딘데?”

“하늘산맥이랍니다.”

“죽는 이유는 뭐라고 하던가?”

“이유는 모른다고 했습니다.”

“결국 그 고양이 사냥꾼을 데리고 실벌레 서식지까지 가서 확인을 해 봐야 한다는 것이군.”

“그래야 할 것 같습니다.”

로인은 고민에 빠졌다.

이번에 찾은 실벌레가 황제가 원하는 것인지 알 수 없었기 때문이다.

처음 언급한 황제조차도 실벌레라는 것이 있을지 없을지 모른다고 했을 정도가 아니던가.

‘빨리 오셨으면 좋겠는데.’

로인은 알베스를 통해 실벌레의 흔적인 하얀 뭉치를 황제에게 전달했다.

황제가 하얀 뭉치를 보고서 어떠한 반응을 보일지 궁금했고, 알베스가 직접 오지 못한다면 사람이라도 빨리 보내 주었으면 싶었다.

'폐하께서 확인하셨다면 어떻게든 연락을 주셨을 것인데.'

알베스가 떠난 지 열흘이 넘었다.

'지금까지 연락이 없다면 폐하께서 원하시는 것이 아닐 수도 있어.'

그렇다고 마냥 무시할 수도 없는 일이었다.

실벌레가 정확히 무엇인지 몰랐을 적에는 웬 벌레냐 싶었다.

그러나 고양이 사냥꾼이 구해 온 하얀 뭉치를 확인한 순간 생각이 달라졌다.

실벌레가 만들어 낸 하얀 뭉치는 대단히 질기고 부드러웠다. 이것을 이용해 실과 천을 만든다면 이전엔 볼 수 없었던 옷감이 만들어질 것이 분명했다.

황제가 어찌 실벌레의 존재에 대해서 알고 있는지 의문이긴 했으나 이런 적이 한두 번이 아니었기에 그리 놀랍지도 않았다.

"확인을 해 보긴 해야겠지."

"하늘산맥에 다녀올 자들을 뽑겠습니다."

"아니, 이번 일은 내가 직접 가야 하는 일이야."

하급 관료가 눈을 동그랗게 떴다.

"과, 관리관님께서 직접 가신단 말씀입니까?"

로인이 고개를 끄덕이자 하급 관료의 얼굴이 하얗게 변하며 눈동자가 심하게 흔들렸다.

'훗, 고생한다는 걸 알고 있군.'

자신이 자리를 비우면 관리관 업무는 자연스럽게 하급 관료들에게 떨어진다.

몇몇 중요한 일들은 직접 해야 하지만 대다수의 일들은 하급 관료들도 충분히 처리가 가능했다.

'일에 익숙해졌다고 뺀질거리는 것 같던데, 이참에 다시 기강을 잡아야겠어.'

로인이 하급 관료들의 해이해진 기강을 잡을 것이라 다짐할 때였다.

센드가 관청에 도착해 밖에서 대기 중이라는 소식이 전달됐다.

로인은 에낙스에게 센드를 붙여 보냈던 일을 떠올렸다.

요새에 도착한 센드는 알베스와 만났을 것이고, 황제의 뜻이 담긴 서신을 가져왔을 확률이 높았다.

"어서 데려오게."

잠시 후 센드가 들어섰다.

로인은 자신을 향해 정중히 인사를 하는 센드를 살피다가 고개를 갸웃거렸다.

"자네, 뭔가 달라졌군."

"네?"

"어깨가 넓어졌어. 그리고 목 근육도 각이 잡혔는데. 허벅

지도 이전보다 두꺼워진 것 같아."

관리관으로 일하고 있지만 로인은 멕신이나 토비와 같은 문관은 아니었다.

기사와 비견될 정도로 검을 익힌, 문무를 겸비한 인재였다.

로인은 관리관으로서 바쁜 와중에도 틈틈이 검 수련을 잊지 않았다.

알베스와 깊은 친분을 유지할 수 있었던 것도 검에 관해 이야기를 나눌 수 있었던 게 컸다.

여하튼 로인은 무인으로서의 눈을 지니고 있었고, 그래서 센드의 몸이 크게 변했다는 것을 알아차린 것이다.

"그게 그러니까……."

센드가 무슨 일이 있었는지 설명하려고 했지만 로인은 더 이상 캐물을 생각이 없었다.

알베스라면 센드의 재능을 알아보았을 것이고, 이것저것 알려 주었을 가능성이 컸다.

근위 기사단을 부활시키기 위해 기사감을 찾겠다고 눈에 불을 켜고 있는 상황이 아니던가.

센드가 머뭇거리면서 뭔가 말하고 싶어 하는 눈치였지만 로인의 관심을 끌기에는 부족했다.

"그것보다 폐하의 서신이나 얼른 주게."

"폐하의 서신이라니요?"

"폐하의 서신을 가져온 것이 아니었나?"

"그런 이야기는 전달받지 못했습니다."

"설마 그냥 돌아왔다는 건가?"

"그건 아닙니다. 후작님을 모시고 복귀하였습니다."

"후작이라니, 누구를 말하는 건가?"

센드는 잠시 머뭇거리다가 대답했다.

"그게, 그냥 후작님입니다."

"그러니까 그 후작이 누구냐고 묻는 것일세."

센드는 당황했다.

"그, 그게……."

로인은 어처구니없다는 듯 센드를 바라보다가 자리에서 일어났다.

"내가 직접 만나 봐야겠군. 그 후작이라는 사람은 어디에 있나?"

"관청 입구에서 기다리고 계십니다."

로인은 센드를 이끌고 관청 입구로 향했다.

'도대체 누구지?'

코렌스에서 후작이라고 불릴 만한 사람은 존재치 않았다.

굳이 찾아보자면 한 사람이 떠오르긴 했다.

근위 기사단 단장인 알베스다.

근위 기사단 단장이라면 후작과 동급이라 할 수 있는 제국 중앙 귀족회 삼등작이니까.

그러나 후작이라는 사람이 알베스였다면 센드가 '그냥 후작'이라는 어처구니없는 대답을 하진 않았을 것이다.

로인은 재빨리 관청 입구로 향했다.

관청 입구에 많은 인영이 몰려 있는 것을 확인할 수 있었다.

그리고 관청 입구에 도착한 로인은 몸이 굳어 버렸다.

대략 20여 명 정도가 몰려 있었는데, 그중에서 유독 한 사람이 로인의 시선을 사로잡았다.

금발의 청년이었다.

짧게 자른 머리는 낯설었지만 얼굴은 매우 익숙했다.

금발의 청년도 로인을 확인하고서 환하게 웃으며 손을 흔들었다.

로인은 자신의 눈을 의심할 수밖에 없었다.

'어째서, 왜?'

요새에 있어야 할 사람이 어떻게 바로 눈앞에 보일 수 있단 말인가.

로인이 일단 인사를 올리기 위해서 몸을 숙이려 할 때였다.

금발의 청년이 검지를 세워 입술에 가져갔다.

관리관은 힘들어

로인은 어안이 벙벙한 채로 익스를 관리관실로 안내했다.

관리관실에 들어서서 익스와 마주한 뒤에도 지금 일어나고 있는 일이 꿈인지 생시인지 헷갈렸다.

로인이 정신을 차린 것은 익스가 눈만 드러낸 호위병에게 관리관실 주변을 비우라는 명령을 내린 뒤였다.

"하이오크 전사들 같습니다."

"맞아. 이번에 은퇴한 원로들이지."

"은퇴하였다면 나이가 많을 것인데, 호위대로 괜찮은 겁니까?"

"늑대송곳니의 말을 빌리자면 지금도 맨손으로 맹수를 찢어 죽일 수 있을 정도라 하더군. 알베스도 자네와 같은 걱정으로 대련을 했다가 호되게 당했네."

"알베스 님도 어찌 못 할 자들이라면 엄청난 자들이겠군요."

"그렇지. 그야말로 최강의 호위대라 할 수 있지. 황제로서 곁에 두자면 논란이 있겠지만 난 황제가 아니니 문제 될 것이 없지."

황제가 아니라는 말에 로인은 재빨리 물었다.

"어떻게 된 일입니까?"

주어가 빠졌지만 익스는 로인이 묻고자 하는 것이 무엇인지를 알고 있었다.

"어떻게 되긴, 대역을 세우고 나왔지."

익스는 산적단 부두목이었던 로만을 황제 대역으로 내세웠음을 알렸다.

또한, 이번 일을 계획한 이유를 설명해 주었다.

익스의 설명이 끝나자 로인이 고개를 끄덕였다.

"흑마법사들이 폐하께서 요새에 머물고 있다고만 믿게 만들면 된다는 것에 대해선 전적으로 동의합니다."

"그렇지. 생김새는 마법 물품으로 해결했으니까 걱정할 필요가 없어. 그리고 단순히 안전만을 위해서 이번 일을 진행한 것은 아니야. 돌가루 마을 관리관으로 임명할 사람도 마땅치 않잖아. 그래서 짐이, 아니라 이 후작이 온 것이지."

로인은 대역을 내세우는 것이 여러모로 괜찮은 계책이라는 것을 알고 있음에도 묘한 불안감에 휩싸였다.

그러나 그 불안감이 어디서 기인하고 있는지는 알아낼 수가 없었다.

“폐하께서 대역을 세웠다는 사실이 알려질 가능성도 있지 않겠습니까?”

로인의 물음에 익스가 자신만만하게 답했다.

“알베스와 근위병이 요새에 있어. 어느 누가 황제가 대역을 내세웠다고 생각할 것 같은가?”

로인은 고개를 끄덕였지만 불안감은 사라지지 않았다.

‘뭐 때문에 불안한 거지?’

익스가 말을 이어 나갔다.

“내가 내려온 이유는 또 있네. 바로 이것 때문이지.”

로인에게도 익숙한 하얀 뭉치가 익스의 손에 들려 있었다.

‘아!’

생각지도 못한 황제의 등장에 잊고 있었던 것이 이제야 떠올랐다.

“이걸 보내왔더군. 내가 원하던 것이야. 전에 말했던 벌레를 직접 찾아볼 생각이네.”

로인은 익스의 말이 끝나기 무섭게 말했다.

“그렇지 않아도 실벌레의 서식지를 찾았다는 보고가 올라왔습니다.”

“실벌레?”

“폐하께서 말씀하셨던 실을 뽑는 벌레를 여기선 실벌레라 부르고 있습니다."

"그렇다면 이 하얀 뭉치를 뿜어내는 벌레를 찾았다는 말이군."

"그렇습니다."

여기선 실벌레라 불리고 있는 누에고치를 떠올리자 익스의 입가에 절로 흐뭇한 미소가 그려졌다.

당연한 일이었다.

누에고치를 찾았다면 앞으로 비단을 만들 수 있다는 뜻이었으니까.

현재 제국에는 다양한 옷감이 존재하지만 비단에 버금갈 만한 옷감은 존재치 않았다.

비단을 만들어서 팔 수만 있다면 코렌스는 앉은자리에서 재물을 갈퀴로 끌어당길 수 있었다.

"어디에 있나?"

"자세한 위치는 모르고 하늘산맥이라고만 들었습니다."

"오호, 잘됐군. 돌가루 마을도 하늘산맥에 붙어 있지 않나."

"서식지를 정확히 알지는 못하지만 돌가루 마을을 거점으로 잡고 살펴보면 확실히 편하긴 할 겁니다."

"일이 술술 풀려서 좋네."

황제의 말처럼 모든 것이 순조로웠다.

그런데 어째서 불안감은 사라지지 않는단 말인가.

이때 떠오르는 것이 있었다.

"에낙스라는 상인을 만나 보셨습니까?"

"아 참, 나도 잊고 있었군. 자네가 추천한 상단을 인수했네."

15인회 상단 인수는 로인도 바라던 일이었다.

"코렌스에서 활동하는 상단 중에서 가장 신뢰할 수 있는 곳입니다. 폐하께 큰 도움이 될 것입니다."

"그런 것 같더군. 여기까지 내려오면서 이야기를 나누어 봤지. 상인이긴 하지만 이득만 추구하는 것이 아니라 나름의 기준이 있더군. 배움이 짧기는 하지만 확실히 쓸 만한 자야."

"상단 활동은 언제부터 시작되는 겁니까?"

"시간이 필요한가?"

"호빗분들이 약초밭에 들어서고부터는 생산량이 감당할 수 없을 정도로 늘어나고 있습니다. 시간이 필요한 게 아니라 당장 약초를 팔아야 합니다."

"잘됐네. 에낙스에게 사람을 구하도록 했네. 수레 쉰 대라면 충분할 것 같은데. 어떤가?"

"백 대를 더 보태는 것이 좋을 것 같습니다."

"많으면 좋긴 하지만 문제는 수레를 운영할 사람 아니겠나."

"사람이야 구하면 됩니다."

"자네, 왜 이리 조급한가? 코렌스 밖으로 나가는 일이야. 믿을 수 있고 입이 무거운 자들이 필요해. 아무나 내보냈다가 이종족에 관한 소문이 퍼지면 어쩌려고."

로인이 자신의 실수를 깨닫고 머리를 조아렸다.

"송구하옵니다. 창고에 쌓여 있는 약초를 빨리 처리하고 싶은 생각에 앞서간 모양입니다."

"약초가 많은 모양이군."

"많다고 설명할 수 있을 정도가 아닙니다. 폐하께서 약초 창고를 보신다면 매우 놀라실 겁니다."

"수레의 숫자는 자네가 에낙스와 상의하게. 믿을 만한 자들이라면 수레 숫자야 얼마든지 늘려도 상관없으니까. 다만 계획대로 진행시켜야지."

약초 판매처는 이미 정해져 있었고 상단이 마련되면 어떻게 움직일지도 계획이 세워진 상태였다.

로인도 상단 운영 계획이 세워질 당시에 함께했던 만큼, 황제가 말하는 것이 무엇인지 알고 있었다.

"계획에 차질이 없도록 하겠습니다."

"그래. 자네 말대로 약초를 언제까지 창고에 쌓아 둘 수는 없으니까."

"출발은 언제쯤 하실 생각인지요?"

"실벌레 서식지를 찾았다는 자는 언제 출발할 수 있지?"

"언제든 가능합니다."

"그렇다면 굳이 지체할 필요가 없겠지. 에쉬 님이 오실 때까지 자네도 준비해 놓게나."

로인이 의아한 눈빛으로 물었다.

"준비라니요?"

"관청에서 일하는 하급 관료 중에서 쓸 만한 자들로 20명만 추려 주게."

"그들을 왜?"

"당연히 돌가루 마을로 데려가서 일을 시켜야지. 나 혼자서 일을 할 수는 없는 노릇이 아닌가."

로인은 이제야 깨달았다.

이유 모를 불안감은 바로 이러한 일이 일어날 것을 본능적으로 알아차렸던 탓일 것이다.

"자네가 일을 가르쳤다면 데려가서 써먹어도 괜찮겠지."

32명의 하급 관료 중에서 20명을 데려간다면 남은 자들이 그들의 일을 고스란히 넘겨받아야 한다.

무엇보다 심각한 것은 인수인계할 시간조차 없다는 것이다. 황제는 포겔을 만나고 있는 에쉬가 돌아오면 곧바로 출발할 것이기 때문이다.

망설임 없이 관리관실을 나가는 것만 보아도 알 수 있었다.

"난 안쪽에 있는 관저에서 대기하고 있겠네. 준비가 끝나면 연락해 줘."

로인은 손을 흔들며 떠나는 익스가 그저 원망스러울 뿐이었다.

에쉬가 포겔과 악수하며 말했다.

"오랜만이야. 잘 지내고 있나?"

포겔은 함박웃음을 지으며 말했다.

"아주 좋아. 인간들 대륙에는 신기한 약초가 많더군. 못 보던 곡식도 제법 있고 말이야."

"적당히 해. 듣자 하니 창고가 미어터진다고 난리인 것 같은데."

"우리도 조절한다고 하는데, 이상하게 인간들 대륙에 있는 식물들이 흡수력이 좋아."

에쉬가 걱정스럽게 말했다.

"여긴 보는 눈이 많아. 호빗의 비법에 대해 알려는 자들이 많아졌어. 나도 적당한 변명으로 넘어가고 있지만 쉽사리 포기하지 않을 거야. 인간들은 집요한 구석이 있지 않나."

"우리도 알고 있네. 그래서 더는 사용하지 않을 생각이야."

"여하튼 조심해."

"알았다니까. 그것보다 여기까지 무슨 일인가?"

"친구를 보러 왔지. 꼭 이유가 있어서 오나."

"내가 자네를 모를까. 우리가 얼굴을 보면서 친분을 다질 사이도 아니고, 무슨 일인지 말해 보게."

"숨기질 못하겠군. 맞아. 몇 가지 이야기할 게 있어서 왔네."

"1~2개도 아니고 몇 개나 된다니. 설마 우리 마을에 무슨 일이라도 생긴 건가?"

"그건 아닐세. 마을은 더없이 평화롭지. 다만 하이오크가 오크들을 밀어붙이면서 중부 지역 고블린들이 반응을 보인 것 같네."

"설마 저주를 사용하는 그 빌어먹을 고블린들을 말하는 건가?"

이를 갈며 말하는 포겔의 물음에 에쉬가 고개를 끄덕였다.

"맞아. 그것 때문에 늑대송곳니가 네르한을 만났네."

"저주라면 우리들은 상관없지만 하이오크들에게는 문제가 되겠군."

"주술사들이 있긴 하지만 아무래도 숫자가 부족하겠지."

"골치 아프군. 도와주면 좋겠지만……."

"크게 신경 쓸 필요 없네. 네르한이 돕기로 했으니까."

포겔의 얼굴이 크게 밝아졌다.

"역시 네르한이군."

"다만 네르한에게도 사정이 있는지라 곧바로 도움을 주지는 못할 것 같아."

"무슨 사정?"

"흑마법사들이 네르한의 목숨을 노리고 있다고 하네."

"흑마법사라면 그 고블린 같은 건가?"

"비슷하지."

"네르한이 위험해지면 이대로 있을 수가 없지 않나."

"대책은 마련되어 있네. 무엇보다 마티엔이 나서면 큰 문제는 없을 걸세. 다만 혹시 몰라서 말이야. 네르한에게도 그렇고, 하이오크에게 그걸 조금이라도 주어야 할 것 같아. 위급할 때 사용할 정도로만 말이야. 어떤가?"

"사실 내주는 것은 어렵지 않지. 만들기 어려운 것도 아니니까. 그런데 뭐라 말할 건가?"

"땅의 신의 축복이 내려진 성스러운 물이라 하면 될 것 같은데. 어떤가?"

포겔이 코를 긁적이고 말했다.

"괜찮을 것 같군. 딱히 틀린 말도 아니고 말이야."

"그렇지. 신의 은총이 아니고서야 어찌 우리들 피가 그런 힘을 지니고 있겠나."

"자네 말대로 하세. 내 듣기로는 네르한이 하늘 길 요새에 있다고 하던데, 자네가 전달해 주겠나?"

에쉬는 익스가 대역을 내세웠다는 사실을 굳이 밝히지 않았다.

어차피 포겔은 약초가 있는 한 여기서 쉽사리 벗어나지 않을 테니까.

무엇보다 친구이긴 하지만 포겔의 입은 믿을 수 없었다.

"내가 전해 주지. 자넨 약초밭에서 벗어날 생각도 없을 테니 말이야."

"내 금세 만들어 주겠네."

포겔이 벌떡 자리에서 일어나자 에쉬가 손짓했다.

"앉게. 아직 이야기가 끝나지 않았어."

"또 있다고?"

"조만간 빌토르가 여기로 넘어올 거야."

빌토르가 언급되는 순간 포겔의 얼굴이 잔뜩 일그러졌다.

"그 자식이 왜!"

"네르한이 요정 마을을 우리에게 맡겼네. 마을 관리관을 우리가 직접 뽑으라고 하더군."

"하이오크도 있지 않나."

"그놈들도 바쁘지 않나. 전쟁이 한창인데 누굴 빼 오기가 쉽겠나?"

포겔은 여전히 못마땅한 표정이었다.

"자네와는 좋은 관계가 아니지만 요정 마을을 관리하기에는 빌토르만 한 녀석이 없네. 네르한이 우리를 믿고 자리를 내주었네. 어설픈 녀석을 데려올 순 없지 않나."

포겔은 빌토르와 사이가 좋지는 않았지만 실력만큼은 인정하고 있었다.

누가 뭐래도 빌토르는 호빗 중에서 가장 똑똑한 녀석이었으니까.

"어차피 녀석은 요정 마을에서 벗어나기 힘들어. 관리관 일이 얼마나 힘든지 자네도 알지 않나. 아마 잠도 제대로 못 잘 거야. 똑똑하다고 잘난 체하는 녀석을 고생시킬 기회가 찾아온 걸세."

"정말 고생할까?"

에쉬는 포겔이 반쯤 넘어왔다고 여기고 관리관 일이 얼마나 힘든지 쉬지 않고 이야기했다.

마티엔의 마법진

로만은 전신 거울 앞에 서서 얼굴을 이모저모 살펴보았다.

훤칠한 금발의 미청년이 거울에 비치고 있었다.

'언제쯤 끝날까?'

거울을 보며 로만은 한숨을 내뱉었다.

황제의 입에서 '네가 대신 황제 좀 하고 있어라.'라는 말이 나왔을 적에는 자신의 귀를 의심해야 했다.

로만은 필사적으로 고개를 흔들었으나 황제의 뜻을 꺾을 수 없었다.

황제가 자신을 대역으로 내세운 이유는 충분히 납득이 갔다.

암살 위협에서 벗어나고자 대역을 내세우는 건 귀족 가문에서도 흔히 있는 일이었으니까.

'암살이고 뭐고, 빨리 끝났으면 좋겠는데.'

황제로 살아 보고 싶다.

누구나 한번쯤 꿈꿔 볼 일이었다.

로만도 그 누구나에 속해 있었다. 황제로 살아가면 얼마나 좋을까?

그것이 현실이 되었지만, 로만은 전혀 기쁘지 않았다.

황제의 삶?

'쥐뿔…….'

거울 앞에서 자신에게 일어난 일들을 되뇌던 로만은 발소리에 화들짝 놀라며 서둘러 왼쪽 검지에 겹쳐 있던 2개의 반지 중 하나를 빼내 오른쪽 검지로 옮겼다.

놀라운 일이 벌어졌다.

금발의 미청년의 모습은 사라지고 검게 그을린 마른 사내를 거울이 비추고 있었다.

로만이 원래 모습이 돌아왔을 적에 알베스가 침실 안으로 들어섰다.

"아침부터 거울 앞에서 뭐 하는 거지?"

로만이 겹쳐진 반지를 급히 옮긴 이유는 필요치 않은 순간에 황제의 모습을 하고 있으면 역정을 내곤 하는 알베스 때문이었다.

여기서 황제의 모습을 하고 있었다고 밝히게 된다면 스스로 무덤을 파는 격이었다.

로만은 알베스의 의심스러운 눈초리를 누그러트리고자 적당한 변명거리를 찾아냈다.

"옷이 신기해서요."

의심 가득했던 알베스의 눈초리가 풀어졌다.

"폐하께서 직접 구상하시어 만들어진 의복이지."

"처음엔 어색했는데, 볼수록 멋져 보여서 밀입니다."

"요즘 코렌스에 폐하께서 직접 구상한 옷들이 황실풍이라며 퍼져 나가고 있네."

"괜찮을까요?"

"뭐가 말인가?"

"폐하께서 입는 의복을 저희 같은 자들이……."

"하긴 예전 같았다면 나부터가 그런 소리를 했을 수도 있겠군."

알베스의 중얼거리는 말에 로만이 의아하게 물었다.

"네?"

"혼잣말일세. 황실풍 의복이 퍼져 나간 건 폐하께서 의도하신 일이야. 백성들의 옷이 매우 불편해 보인다며 직접 개량에 나섰고, 지금의 형태에 이르렀지. 요즘도 종종 재단사를 통해서 새로운 옷을 고안해 내고 계시지."

"그렇게 일을 하면서 여전히 새로운 옷을 고안하신단 말입니까?"

“옷뿐만이 아닐세. 음식에도 조예가 깊으시지. 바다에서 잡히는 실처럼 가느다란 생선을 말려 물에 끓여 육수를 내시기도 했지. 거기에 향신료가 첨가되자 기가 막힌 음식이 되었네.”

“국수군요.”

“처음엔 폐하께서 미식을 즐기시는 것이라 여겼는데, 만두라는 음식까지 만드시는 것을 보고 깨달았네.”

“무엇인지 알 것 같습니다. 모두 만들기도 먹기도 편한 음식입니다. 더구나 가격도 저렴하고, 먹으면 배가 든든해집니다.”

“그렇지. 그야말로 백성들을 위한 음식이야.”

황제는 앉은자리에서 명령만 내리는 것이 전부라고 생각했던 로만이다. 그러나 이것이 커다란 착각임을, 황제 대역으로 나선 지 반나절도 되지 않아 깨달았다.

침실은 물론이고 집무실, 하다못해 식당과 휴게실과 후원에도 종이 뭉치가 쌓여 있었다.

로만은 그 종이 뭉치가 황제가 살펴봐야 할 것임을 알고선 기겁했다.

놀라움은 여기서 끝나지 않았다.

황제가 하늘 길 요새로 이동하면서 일이 절반 이상 줄었다는 사실이었다.

로만은 기겁했다.

도대체 황제의 업무는 얼마나 많단 말인가!

비록 짧은 기간에 불과했지만 황제는 매우 바빴다.

새벽녘에 일어나 세안하고 아침 운동을 한 다음 몸을 깨끗이 씻었다. 그리고 그 이후에는 일, 일, 일의 연속이었다.

알베스가 아침 일찍 이렇게 찾아온 것도 황제의 일을 대신 처리하기 위함이었다.

황제의 대역이라고는 하지만 황제가 봐야 할 서류들을 로만이 함부로 결재할 수 없었기에 알베스가 대신하고 있었다.

로만이 황제의 모습을 하는 경우는 극소수였고, 대다수의 시간은 알베스를 지원했다.

오늘도 어김없이 알베스의 손에는 종이 뭉치가 들려 있었다.

로만은 어깨를 늘어트렸다.

이를 확인한 알베스가 말했다.

"높은 자리에 오를수록 바빠지는 법이지."

로만의 시선이 자연스럽게 침실 한쪽에 마련된 책상으로 향했다.

종이 뭉치가 책상은 물론이고 그 주변을 뒤덮고 있었다.

책상에 올라간 서류는 살펴보아야 할 것들이었고, 바닥에 쌓여 있는 것은 확인이 끝난 것들이었다.

"잡담은 여기서 마무리 짓고 일이나 하세. 오늘도 부지런히 움직여야 해. 그러지 않으면 밤을 새워야 할 수도 있어."

로인은 책상에 있는 종이를 집어 들고 물었다.

"도대체 폐하께서는 이 많은 일을 어떻게 혼자 처리하신 겁니까?"

"나도 폐하께서 이렇게 업무가 많으신지 몰랐네."

"알베스 님까지 모르실 정도라면 지금까지 이 많은 일을 아무런 문제 없이 처리하셨다는 말이군요."

황제의 업무 능력에 감탄할 때 근위병이 찾아왔다.

알베스는 로만에게 눈짓을 보냈다.

로만은 재빨리 오른쪽 반지를 왼쪽 검지로 옮겼다.

알베스는 로만의 모습을 바뀐 것을 확인하고서 문을 열고 나갔다.

"무슨 일이지?"

마티엔의 물음에 근위병이 차렷 자세로 답했다.

"마티엔 관리관님께서 도착하셨습니다."

셀리나는 하늘 길 요새를 살폈다.

'듣기는 했지만…….'

황제가 심혈을 기울여 만든 하늘 길 요새에 대한 소문은 익히 들어서 알고는 있었다.

거대하다, 거대하다 말은 들었지만 이 정도일 것이라곤 생각지 못했다.

'이게 말만 요새지…….'

셀리나가 보기엔 요새가 아니었다.

하늘 길에 도시를 만든 다음 앞뒤로 성벽을 만들어 놓은 꼴이었다.

셀리나는 황제가 변방인 코렌스로 넘어갔단 소식을 접하고선 무슨 짓인가 싶었다.

그런데 하늘 길 요새를 보자 황제의 선택이 나쁜 것이 아님을 깨달았다.

코렌스가 변방이긴 하지만 하늘 길 요새와 같은 관문이 버티고 있다면 외부의 위협을 막아 내기 쉬울 테니까.

'여기서 웅크리고 있다가 힘을 길러 밖으로 나가겠다는 것 같은데.'

문제는 변방인 코렌스를 얼마나 발전시킬 수 있느냐다.

안전은 확보했지만 코렌스와 같은 변방에서 후일을 도모할 수 있을지는 미지수다.

'어쨌든 황제가 소문만큼 멍청하지는 않은 것 같네.'

데로트 가문의 허수아비로 전락한 황제에 대한 소문이 좋을 리가 있겠는가.

그래도 멍청하다는 것은 너무 직설적인 표현으로, 보통은 황제가 유약하고 우유부단하다고 순화해 말한다.

셀리나는 요새 구경을 마치고, 마티엔이 요새 책임자로 보이는 자와 이야기하는 것을 지켜보았다.

무슨 이야기인지 들어 보고자 했지만 들을 수가 없었다.

'그새 마법을 사용한 건가?'

셀리나는 마법을 사용해 둘의 대화를 엿들어 보려고 했지만 어림도 없는 짓이었다.

셀리나의 마법은 어김없이 차단당했다.

'역시 7서클이야.'

마티엔이 요새 책임자와 이야기를 마치고 셀리나에게 다가왔다.

"폐하께 먼저 인사를 드려야 할 것 같소."

"저희도 같이 가면 되는 건가요?"

마티엔이 고개를 저었다.

"나 혼자 다녀오도록 하겠소. 오래 걸리지 않을 것이오. 쉴 곳을 마련해 줄 것이니 그곳에서 기다리고 계시오."

"설마 여기까지 와서 우릴 쫓아낼 생각은 아니겠죠?"

"그런 일은 없을 것이오. 폐하께 먼저 인사를 올리고자 하는 것뿐이오. 외부 일을 보고드리고자 함이니, 괜한 오해는 마시구려."

셀리나는 데로트 가문이 반역자들을 토벌하겠다며 병력을 일으킨 것을 알고 있었다.

머지않아 데로트와 반역자들 사이에서 전쟁이 벌어질 것이 분명했다.

양아버지를 대신하여 자신이 온 것도 전쟁이 임박했기 때문이다.

상단을 운영하면서 전쟁을 그냥 지나칠 수는 없는 일이다. 돈이 되는 일이었으니까.

"알겠어요. 얌전히 기다리고 있을 테니 얼른 다녀오세요."

마티엔이 떠나자 요새 책임자가 다가왔다.

"처음 뵙겠습니다. 하늘 길 요새를 맡은 모락입니다."

"만나서 반갑습니다. 구름다리 상단의 셀리나라고 합니다."

"여러분들께서 머무실 곳으로 안내해 드리겠습니다. 만족스럽지 않을 수도 있겠지만 잠시 휴식을 취하기에는 충분할 겁니다."

"신경 써 주셔서 감사합니다."

모락이 안내한 곳은 크지는 않았지만 깔끔하게 정리된 주택이었다.

"편히 쉬십시오. 병사 2명을 대기시켜 놓겠습니다. 필요한 것이 있으면 요청해 주시면 됩니다."

"배려 감사합니다."

셀리나는 간부들과 함께 주택으로 들어서자마자 자신에게 걸어 두었던 환영 마법을 해제시켰다.

외모가 외모인지라 사람들의 과도한 관심을 받게 된다.

셀리나는 자신의 외모가 남다르다는 것을 알고 있었기에 스스로 마법을 사용해 대처해 나갔다.

필요할 적엔 본래 모습을 드러내고 필요치 않을 적에는 평범한 얼굴로 보이게 만든 것이다.

"아까 보셨죠? 제 마법을 손쉽게 무효화시켰어요."

간부들 하나가 영문을 모르겠다는 표정으로 말했다.

"어떠한 방법으로 무효화시켰는지 모르겠습니다."

셀리나는 마법이 무효화될 적에 있었던 일을 설명했다.

"정확한 것은 아니지만 마나가 멈췄어요."

10명의 간부들이 누구랄 것 없이 경악했다.

"그 말씀대로라면 상대방의 마나까지 조종할 수 있단 뜻이 아닙니까?"

"그게 정말 가능하다고요?"

"그럴 리가 없습니다. 상대방의 마나를 조종한다는 것은 듣도 보도 못한 일입니다."

"7서클이라면 가능할까요?"

셀리나의 물음에 간부들은 한 사람도 빠짐없이 고개를 저었다.

"7서클이라 할지라도 불가능한 일입니다."

"하지만 마티엔 님은 그걸 해내셨어요."

"부단주님이 착각하신 것은 아닐까요?"

믿을 수 없는 현실에, 간부들은 셀리나의 판단에 의문을 품었다.

"제가 마법 무효화를 한 번만 당한 게 아니에요. 요새에 도착할 때까지 수없이 시도했어요. 그리고 말을 타고 달리는 동안 지속해서 회복 마법을 걸어 준 것도 마티엔 님이세요."

셀리나와 간부들이 마티엔의 경지에 대한 논쟁으로 시간이 가는 줄 모를 때였다.

모락이 찾아와 셀리나 일행을 마티엔이 있는 곳으로 안내했다.

도착한 곳은 황제가 머무는 저택이었다.

셀리나 일행은 황제를 만날지도 모른다는 생각에 바짝 긴장하였지만 그들이 마주한 것은 마티엔이었다.

긴장이 풀어지려고 할 때였다.

"헉! 저건!"

셀리나와 함께한 일행 중 하나가 경악하자 마티엔이 입을 열었다.

"알아보는 자가 있군. 맞네. 마나어로 만들어진 마법진일세. 잊혔던 마나어가 다시 우리에게 돌아왔네. 폐하께서 나에게 마나어를 전수해 주셨네. 그뿐만 아니라 마탑의 재건도 약속하셨지."

마티엔은 마나어를 시작으로 고양이 눈동자 길드에 대한 설명을 이어 나갔다.

또한 그들이 반역자들과 관련 있으며 황제를 암살하려고 한다는 사실도 밝혔다.

셀리나는 귀가 먹먹하고 머릿속이 뒤죽박죽으로 엉켰다.

마티엔이 차분히 이야기해 주고 있었지만 도무지 이해되지 않았다.

마나어, 마탑의 재건, 흑마법사, 고양이 눈동자 길드.

백마법사들에게 있어서는 위에서 말한 것들 중에 하나만 언급되어도 경악할 만한 일이었다.

하지만 마티엔은 셀리나 일행이 받은 충격에는 별 관심 없다는 듯 계속 말을 이어 나갔다.

"여기에 있는 것은 마나어로 만든 공간 이동 마법진이라네."

쿵!

연이은 충격에 셀리나 일행은 정신이 혼미해졌다.

마티엔의 입에서 공간 이동 마법진이 언급되고 있을 때, 익스는 고양이 사냥꾼을 데리고 실벌레 서식지에 들어서고 있었다.

생각했던 것과 달라

익스는 로인에게 20명의 하급 관료들을 인계받고서 재빨리 돌가루 마을로 향했다.

로인의 눈빛에 원망이 가득하다는 것을 알고는 있었지만 익스로서도 어쩔 수 없는 일이었다.

돌가루 마을의 빠른 정착을 위해서라도 행정 업무를 담당할 자들이 필요했으니까.

로인도 그러한 사실을 알고 있었기에 입 밖으로 원망을 내뱉지는 않았다.

익스를 향한 원망의 시선은 돌가루 마을에서도 이어졌다.

도착하기 무섭게 고양이 사냥꾼을 앞세워 하늘산맥으로 떠나 버린 것이다.

데이카로서는 황당한 일이었지만 익스는 크게 신경 쓰지 않았다. 로인과 달리 데이카에게는 20명의 하급 관료를 넘겨 주었으니까.

익스는 원망 가득한 데이카의 시선을 뒤로하고 하늘산맥에 들어섰다.

정확히는 중부 하늘산맥이라 말해야 할 것이다.

중부 하늘산맥은 이제까지 익스가 접해 왔던, 그러니까 하늘 길 요새가 있는 북부 하늘산맥과는 또 다른 모습을 보여 주었다.

북부 하늘산맥은 하늘 길을 제외하곤 발을 함부로 들여놓을 수 없을 정도로 험준했다.

그러나 중부 하늘산맥은 북부보다 원만한 편에 속했다.

힘든 산행이었지만 익스는 힘듦을 느낄 틈이 없었다.

중부 하늘산맥이 보여 주는 자연의 아름다움에 매료된 탓이다.

압권은 쌍도끼 산적단 산채가 있는 폭포산이었다.

산 하나가 수십 개의 폭포로 이루어져 있는 모습은 자연이 얼마나 아름답고 위대한지를 알려 주었다.

사나운도끼를 비롯한 하이오크는 물론이고 에쉬까지 탄성을 내뱉으며 신의 역작이라고 격찬할 정도였다.

폭포산에 도착할 즈음에는 날이 어두워진 탓에 일행은 폭포산 요새라는 새로운 이름이 붙여진, 쌍도끼 산적단의 산채

였던 곳에서 하룻밤 휴식을 취했다.

요새는 비워진 상태였고, 관리를 위해 10명의 병사들만 대기하고 있을 뿐인지라 쉴 곳은 넘쳐 날 정도로 많았다.

"여기 괜찮은데."

에쉬는 폭포산 요새를 무척이나 마음에 들어 했다.

"마음에 드십니까?"

"일단 폭포산이 눈앞에 있다는 것이 너무 마음에 드네. 자네가 만들겠다고 했던 연구소 말이야, 여기로 하면 어떨까 싶은데. 가능하겠나?"

"상관없습니다만, 그래도 더 살펴보는 것이 나을 것 같은데요."

에쉬가 손가락으로 폭포산을 가리켰다.

"저것만으로도 이유는 충분하지만 눈요기를 위해서만이 아니야. 요새를 대충 둘러봤는데, 전반적으로 어설프게 만들어져서 그렇지 구조 자체는 잘 뽑혔어. 기반을 다진 다음에 벽돌로 새롭게 만든다면 기가 막힌 연구소가 만들어질 것이라 장담하지."

"어지간히도 마음에 드신 모양이군요."

"다시 말하지만 꼭 폭포산 때문만은 아닐세. 여기까지 오면서 길을 살폈거든. 돌가루 마을에서 산채까지 일직선으로 연결되어 있었네."

"그랬던가요?"

"오르막과 내리막이 있어 헷갈렸을 테지만 직선이 맞네. 이 점을 잘 활용한다면 자네가 준비 중인 하늘산맥 개발계획에 큰 도움이 될 것이네."

익스는 에쉬와 함께 폭포산 요새를 둘러보면서 연구소로의 활용 방안을 논의했다.

익스 일행은 새벽부터 길을 나섰다.

길잡이로 나선 고양이 사냥꾼을 따라 이동한 지 5시간 정도 흘렀을 때였다.

"여깁니다!"

고양이 사냥꾼이 자신 있게 소리쳤다.

일행의 시야에 고원이 가득 들어왔다.

넓게 펼쳐진 고원에 어른 팔뚝만 한 두께의 나무가 빼곡하게 자리를 잡고 있었다.

"바닥에 눈이 쌓여 있는 것 같군."

에쉬의 말대로 나무 밑에 하얀 뭉치가 쌓여 있었다.

익스는 걸음을 옮겨 나무 밑에 눈처럼 쌓인 하얀 덩어리를 한 움큼 집어 들었다.

로인이 알베스를 통해 보내 주었던 하얀 뭉치와 같은 질감을 지니고 있었다.

"바닥에 떨어진 것들이 제법 되는 것 같아. 이 부드럽고 질긴 것을 벌레가 만든다는 것이지?"

익스가 고개를 끄덕이고 고양이 사냥꾼에게 물었다.

"벌레는 찾았나?"

"잠시만 기다려 주십시오."

고양이 사냥꾼이 몇몇 나무를 살피다가 익스가 원하던 벌레를 잡아 왔다.

고양이 사냥꾼 손에 잡혀 있는 벌레는 엄지만 했다.

'어라?'

익스가 기대했던 모습과 완전히 달랐다.

"그게 실벌레라고?"

"고원을 모두 살펴본 것은 아니지만 이것들 말고는 다른 것을 찾을 수 없었습니다."

비단은 누에고치를 통해서 만들어진다.

그런데 고양이 사냥꾼 손에 들린 것은 누에고치와는 거리가 멀어도 한참 멀었다.

익스는 고양이 사냥꾼 손에 있는 벌레를 유심히 지켜보고선 속으로 중얼거렸다.

'장수풍뎅인데.'

완전히 같다곤 할 수 없었지만 적어도 익스가 보기에는 영락없는 장수풍뎅이였다.

"일단 좀 더 살펴보도록 하지. 자네가 찾은 것 말고도 다른 놈들이 있을지도 모르니까."

익스의 말에 일행은 1명씩 흩어져 실벌레를 찾아 나섰지만, 보이는 것이라고는 장수풍뎅이를 닮은 녀석이 전부였다.

"이건 하루 이틀 만에 알 수 있는 것이 아닌 것 같군."

에쉬의 말에 익스가 고개를 끄덕이고 말했다.

"일단 바닥에 있는 하얀 뭉치부터 챙기는 것이 좋을 것 같습니다. 어떤 놈이 실벌레인지는 사람을 시켜 시간을 두고서 살피면 되니까요."

"좋은 의견일세. 바닥에 떨어진 것만 해도 어마어마한 양이니만큼 실벌레를 찾을 시간은 충분할 걸세."

"폭포산 요새로 사람을 데려와야겠군요."

"그래야지. 어차피 연구소로 개조하려면 일손이 필요하니 말이야. 거기에 하얀 뭉치를 옮기고 실까지 뽑아내려면 숫자가 제법 되어야 할 것 같네."

사람을 보내는 것은 그리 어려운 일이 아니었다.

데이카가 조사한 바에 따르면 돌가루 마을의 인구가 4만을 넘었고 꾸준히 늘어나는 상태였다.

마음만 먹으면 얼마든지 폭포산 요새로 투입이 가능했다.

만약 그것이 어렵더라도 익스에게는 보상으로 받은 인구 5만이 있었다.

시스템이 마을 건설을 제안한 상태인지라 계속 보상을 미루고 있었다.

마을 건설을 포기하고 인구 5만만 받아들인다면 폭포산 요새에 투입할 인력은 충분히 확보 가능했다.

“일손은 그리 문제 될 것이 없습니다. 어떻게든 데려올 수 있으니까요. 문제는 요새를 관리해 줄 자가 없다는 것이…….”

익스가 말끝을 흐리며 에쉬의 눈치를 살폈다.

“자네의 눈빛을 보아하니, 아무래도 폭포산 요새를 나에게 맡길 생각인가 보군.”

“에쉬 님께서 맡아 주신다면 감사하죠.”

“거참, 이젠 나까지 부려 먹을 생각을 하다니.”

“부려 먹다니요. 절대 그런 것이 아닙니다. 폭포산 요새의 중요성을 생각하니 에쉬 님 말고는 믿고 맡길 만한 사람이 없어서 그렇죠.”

“스스로 무덤을 파는 것 같아 영 찝찝하지만 자네 말대로 폭포산 요새가 중요하긴 하지. 더구나 이 하얀 뭉치로 새로운 옷감을 만든다는 것이 재미난 일이기도 하고 말이야.”

에쉬의 긍정적인 반응에 익스의 표정이 크게 밝아졌다.

“요새를 맡아 주시겠습니까?”

“나밖에 없다면 해야지. 별수 있겠나.”

록셀은 말을 타고 채석장을 벗어나 돌가루 마을 중앙에 있

는 관청에 들어섰다.

평소 같았다면 데이카를 먼저 찾아갔을 것이지만 이번엔 달랐다.

오늘 마을을 방문한 이유는 새로운 관리관을 만나기 위함이었기 때문이다.

록셀에게 관청은 익숙한 곳이었기에 그는 곧바로 관리관실을 찾았다.

"어라, 왜 형님이 여기 있는 겁니까?"

데이카는 서류에 얼굴을 파묻은 채 대답했다.

"여긴 무슨 일이냐?"

목소리만 들어도 찾아온 사람이 누군지 알 수 있었다.

우렁찬 목소리로 자신을 형님이라 칭할 사람은 록셀뿐이었으니까.

"새로운 관리관이 오셨다기에 채석장에 관해 보고를 드리러 왔습니다."

"그냥 돌아가."

"무슨 말씀입니까. 새로운 관리관에게 보고를 드려야 합니다."

데이카가 서류를 내려놓고 고개를 들었다.

록셀은 데이카의 얼굴을 확인하고서 흠칫했다.

눈이 퀭하고 얼굴이 검게 물들어 있는 것 같았다.

"후작님, 아니 관리관님은 마을에 안 계셔."

"마을 관리관이 마을에 없다니요. 그러면 일은 누…… 크흠."

록셀은 말하는 중간에 헛기침을 내뱉은 다음 다시 물었다.

"새로운 관리관은 어디에 있는 겁니까?"

대답 대신 데이카의 얼굴이 잔뜩 일그러졌다.

새로운 관리관이 돌가루 마을에 도착했을 때가 떠오른 탓이었다.

새로운 관리관은 새 바위 마을 출신 하급 관료 20명을 대동해 돌가루 마을에 들어섰다.

이를 확인한 데이카의 얼굴은 크게 밝아졌다.

무엇보다 데이카를 기쁘게 한 것은 새로운 관리관이 왔다는 사실이었다.

돌가루 마을은 이제 복귀한 사람들이 4만이 넘었고, 숫자는 계속해서 늘어나고 있었다.

인구가 늘어날수록 데이카는 마을을 다스린다는 것이 부담스럽기만 했다.

'역시 폐하시다!'

지긋지긋한 임시 관리관 자리에서 벗어날 수 있다는 사실에 데이카는 황제를 칭송했다.

데이카는 기쁜 마음으로 관리관 업무를 넘겨주고자 새로운 관리관과 마주했다.

새로운 관리관이 후작이라 불리고 하이오크를 호위병으로

두고 있다는 것을 확인한 데이카는 고개를 갸웃거렸다.

'코렌스에 후작이 있었다고?'

그러나 깊게 생각하지는 않았다.

황제가 새로운 인재를 받아들인 것이라 여겼다.

제국이 무너지고 있다고는 하지만 충신들이 없는 것은 아니었으니까.

새로운 관리관인 후작과 독대한 데이카는 임시 관리관이란 자리에서 물러나 경비대장으로 임명되었다.

그러나 경비대장이 되었다고 해서 관리관 일에서 벗어난 것은 아니었다.

새로운 관리관이 데이카에게 관리관 업무를 위임시키고 하늘산맥으로 떠나 버렸기 때문이다.

그나마 다행스러운 점은 로인은 인력을 빼앗긴 반면, 데이카는 인력을 충원받았다는 것이었다.

"형님, 괜찮으십니까?"

록셀의 걱정스러운 물음에 데이카는 한숨을 내뱉고서 대답했다.

"휴우, 마을에 도착하자마자 하늘산맥에 올라가셨지."

록셀은 데이카를 위로할 생각이었는지, 대신 역정을 냈다.

"관리관이란 작자가 일도 안 하고 하늘산맥으로 도망간다는 것이 말이나 됩니까. 이럴 것이 아니라 폐하께 연락을 드리는 것이 좋을 것 같습니다."

"진정해."

"진정하게 생겼습니까. 관리관 때문에 우리 형님이 쓰러지게 생겼는데. 형님이 안 하시겠다면 제가 직접 폐하를 만나 뵙고 오겠습니다."

데이카는 '그 관리관이 바로 폐하다.'라는 말이 목구멍까지 치솟아올랐지만 꾹꾹 눌러 담았다.

록셀에겐 미안한 일이지만 아직은 알려 줄 수가 없었다.

"네가 가면 채석장은 어떻게 하고?"

"채석장이야 당연히 형……."

"네가 폐하를 만나겠다고 하면 채석장까지 내가 맡아서 관리해야 하는데, 너 설마 일하기 싫다고 도망가려는 속셈이냐?"

록셀이 화들짝 놀라며 양손을 저었다.

"그럴 리가 있겠습니까. 아닙니다. 절대 아니에요. 그저 일하기 싫다고 하늘산맥으로 도망……."

데이카가 록셀의 말을 잘랐다.

"새로운 관리관은 폐하의 명령을 받고 하늘산맥에 올라간 거야. 그러니까 쓸데없는 소리 하지 말고 왔으면 일이나 도와라. 뭐 해, 어서 오지 않고."

종이 뭉치라면 치가 떨리는 록셀이었지만 피곤함에 찌든 데이카를 보고서 모른 척할 수가 없었다.

록셀은 데이카 곁에 앉아 서류를 살폈다.

'이럴 줄 알았으면 글을 배우는 게 아니었는데.'

글을 배운 것을 자책하던 록셀은 문득 궁금증이 솟구쳤다.

“그런데 하늘산맥에는 왜 올라간 겁니까?”

데이카는 서류에서 눈을 떼지 않고 간략하게 답해 주었다.

“벌레.”

건방진 아이

페세크 가문의 영지는 제국 남쪽 끝자락 해안가에 자리 잡고 있었다.

오틀라스에서 말을 타고 엿새를 더 내려가야 할 정도로 외진 곳이었다. 남쪽으로 내려갈수록 추위가 맹위를 떨쳤으나 기네스는 이를 악물고 참아 냈다.

페세크 가문의 일까지 성공적으로 마무리 짓는다면 자신의 손에 30골드라는 거금이 떨어지기 때문이다.

태양 신 교단과 쌍둥이 용병단 일을 성공시켰기에 이대로 복귀해도 황제는 흔쾌히 20골드를 내줄 것이다.

그러나.

'10골드를 포기할 순 없지.'

매서운 칼바람이 살결을 스쳐 갈 때마다 말을 돌리고 싶은 충동을 느꼈지만 '30골드, 30골드.'를 되뇌며 추위를 이겨냈다.

"고용주님."

앞장서서 길잡이를 하던 쌍둥이 형제 중에서 헤레로가 말 속도를 늦추어 기네스 곁으로 다가왔다.

"왜?"

"정말 그렇게 주는 것 맞나요?"

"날 못 믿겠다는 건가?"

기네스가 살짝 눈을 찌푸리자 헤레로가 황급히 고개를 저었다.

"그런 게 아닙니다. 그냥 상식적으로 말이 안 되잖아요. 우리가 이제 막 용병단을 시작한다고는 하지만 세상 물정에 까막눈은 아닙니다. 길잡이 보수로 1골드는 과하죠."

"그러면 이참에 깎자."

"아이고, 말을 또 왜 그렇게 합니까. 그냥 궁금해서 그런 거죠. 정말 코렌스에 정착하면 우릴 책임져 주는 거 맞습니까?"

"내가 사기꾼 같아 보이냐?"

"아니죠. 태양 신 교단에서 신분을 보증해 주시는 분이 어떻게 사기꾼일 수 있겠습니까."

"그걸 알면서 왜 그렇게 묻는 건데?"

헤레로가 머리를 긁적였다.

"믿기지가 않아서요. 또 자세히 묻고 싶은 것도 있고요."

기네스가 손짓으로 헤레로의 물음을 재촉했다.

"책임진다는 것이 정확히 어떤 뜻입니까?"

"높으신 분이 너희들을 챙겨 주신다고 생각하면 된다."

기네스의 대답에 헤레로가 더욱 호기심을 나타냈다.

"고용주님보다 더 높은 분이 있는 겁니까?"

"엄밀히 말하자면 나도 고용된 입장이지."

"그 높으신 분께요?"

기네스가 막시에게 소리쳤다.

"두 번 말하기 귀찮으니까 너도 같이 들어. 나도 아는 것이 많지 않다. 높으신 분의 명령에 따를 뿐이니까."

막시도 말 속도를 늦추어서 곁으로 다가온 것을 확인한 기네스가 말을 이어 갔다.

"난 그저 명령을 받고 너희들을 찾아간 것뿐이다. 자세한 것은 코렌스에 가서 너희들이 높으신 분께 직접 물어보는 것이 좋을 거야. 한 가지 확실하게 말할 수 있는 것은, 높으신 분이 너희들을 정확히 지목했다는 거다."

막시가 물었다.

"높으신 분이 남부 지역 출신이거나 최근에 오틀라스를 방문하신 적이 있으십니까?"

"아니. 그분은 남부 지역 출신도 아니고 남부 지역에 발을 들여놓은 적도 없어."

헤레로가 믿을 수 없다는 표정으로 말했다.

"그런데 어떻게 우리를 정확하게 지목할 수 있단 말입니까. 신의 계시를 받은 것도 아닐 것인데."

"신의 계시라, 그럴지도 모르겠군. 지금까지 그분께서 보여주신 것들을 떠올려 보자면 신의 축복이 아니고서야 설명할 길이 없긴 하지."

막시와 헤레로가 동시에 웃음을 터트렸다.

"하하하, 농담도 재미있게 하시네요."

"아무래도 우리 고용주님께서 심심하신 모양이야."

기네스가 어깨를 으쓱했다.

"그래, 지금은 믿기 힘들겠지. 어쨌든 코렌스에 가서 그분을 만나 보면 내 말을 이해하게 될 거야. 그렇게만 알고 있도록 해."

페세크 가문의 영지는 해안가를 품고 있지만 영주 성은 바다와 떨어져 있었다.

기네스로서는 다행스러운 일이었다.

지금도 추운 마당에 바닷바람까지 더해졌다면 그야말로 30골드고 뭐고 간에 말을 돌렸을지도 몰랐으니까.

페세크 가문의 영주 성에 도착한 기네스는 도린의 인장이 찍혀 있는 양피지를 내밀었다.

페세크 가문은 남부 지역 구석에 처박혀 있다곤 하지만 데로트 가문을 모를 정도로 눈이 어둡진 않았다.

순식간에 기사가 튀어나와 기네스에게 공손히 허리를 숙였다. 제국의 실권을 쥐고 있는 데로트 가문의 영향력이 남부 지역 구석까지도 미치고 있음을 보여 주는 모습이었다.

'폐하의 칙서였다면 어땠을까?'

문득 떠오른 생각이었지만 기네스는 재빨리 머릿속에서 지워 버렸다.

'뭔 상관이야. 내가 충신도 아니고, 일하기 편하면 장땡이지.'

기네스는 황제를 위해 제국 곳곳을 누비고 있긴 하지만 황제에게 충성을 맹세하지는 않았다.

기네스로선 친분이 있는 페톰과 함께하다가 어찌어찌해 황제를 위해 일하는 것뿐이었다.

'그래도 폐하가 배포도 있고 해서 좋긴 하지.'

만날 때마다 어렵긴 했지만 불만은 없었다. 도리어 확실한 보상을 제시하는 황제에게 만족하고 있었다.

어쨌든 도린의 인장이 새겨진 양피지 덕분에 기네스는 귀빈 대접을 받으며 영주 성으로 들어섰다.

기사의 안내를 받아 접객실에 도착한 기네스는 막시와 헤레로에게도 쉴 곳을 마련해 달라 부탁했다.

페세크 가문에서는 쌍둥이 형제를 위한 휴게실을 따로 마련해 주는 성의를 보여 주었다.

쌍둥이 형제를 챙기고 접객실에 혼자 남게 된 기네스는 재빨리 벽난로 앞에 섰다.

벽난로의 열기로 얼어붙어 있던 몸이 서서히 녹아내렸다.

따뜻한 열기에 몸을 데우고 있을 때였다.

예고도 없이 접객실 문이 열렸다.

기네스의 시선이 자연스럽게 입구로 향했다.

귀엽게 생긴 아이 하나가 성큼성큼 다가왔다.

'누구지?'

많이 봐줘야 열 살 정도 된 듯싶었다.

기네스 앞에 선 아이가 팔짱을 끼고 턱을 치켜들어 물었다.

"너야?"

자연스럽게 반말을 내뱉는 아이를 보곤 기네스는 자연스럽게 페세크 가문의 자손임을 알아차렸다.

기네스는 자신의 눈을 똑바로 올려다보고 있는 아이를 유심히 살폈다.

'금발의 곱슬머리, 건방진 어린아이라고 하셨는데.'

아이는 기네스가 아무런 대답도 없이 바라보기만 하자 미간을 좁혔다.

"물으면 답을 해야지. 벙어리면 고개를 끄덕이든가. 설마 귀도 먹은 거야?"

말하는 본새를 보아하니.

'딱 이놈이네.'

황제가 설명했던 모든 것들이 눈앞의 아이와 일치했다.

기네스는 다시 한번 황제의 능력에 대해 의구심이 치솟았다.

남부 지역 외곽에 있는 이름 모를 가문의 아이를 어찌 알고 있을까?

'따로 정보원이 있으신가?'

그럴 리는 없어 보인다.

정보원을 파견할 정도라면 굳이 자신이 남부 지역까지 내려올 필요가 없었을 테니까.

"너도 내가 어리다고 무시하는 거야?"

기네스는 황제에 관한 생각을 접어 두고 입가에 미소를 띠며 공손히 물었다.

"좀 더 자세히 물어 주셨으면 좋겠습니다."

"왜 이제야 말하는 건데?"

"놀라서 그랬습니다. 누군가 찾아올 것이라고는 생각했지만 아무래도……."

"어린 내가 와서 당황스러웠다는 건가?"

"아니라고 말씀드릴 순 없겠군요."

"이해해. 나로선 자주 겪는 일이니까. 어쨌든 이야기를 해보자고. 네가 도린의 인장이 새겨진 양피지를 가지고 왔다고 하던데, 데로트 가문의 명령을 받고 온 건가?"

"그에 대해선 제가 함부로 이야기할 수가 없습니다. 다만 데로트 가문의 도움을 받은 것은 확실합니다."

"묘한 말을 하네. 그래서 여기까지 찾아온 이유가 뭔데?"

"페세크 가문을 찾아온 목적에 대해선 남작님께 말씀드려야 할 것 같습니다."

"그냥 나한테 말해. 우리 아버지는 멍청해서 복잡한 이야기라면 질색하시니까. 너 지금처럼 돌려서 말했다가는 속이 터져 죽을지도 몰라. 우리 아버지는 그런 말을 못 알아듣거든."

기네스가 눈을 동그랗게 떴다.

"뭘 그렇게 놀라. 귀족이라고 다 똑똑한 게 아니야. 옆에서 보고 있으면 얼마나 답답한데. 영지 하나도 제대로 관리하지 못해서 말아먹고 있는 사람이 우리 아버지야. 그러니까 괜히 사서 고생하지 말고 나한테……."

"유벤, 네 이놈이!"

예고 없이 접객실 안으로 중년인이 뛰어 들어왔다.

'그 아들에 그 아버지네.'

기네스는 중년인의 정체가 페세크 가문의 가주인 남작이란 걸 눈치챘다.

그와 더불어 건방진 아이의 이름이 유벤이라는 사실까지도 알게 되었다.

"귀한 손님께 무슨 무례냐!"

유벤은 아버지의 꾸짖음에도 눈 하나 깜빡하지 않고 대답했다.

"무례는 무슨 무례인가요. 그리고 무례는 아버지가 저지르고 있는 겁니다. 건설적인 대화를 나누고 있는 중에 이렇게 방해하면 어떻게 합니까."

남작이 얼굴을 잔뜩 일그러트리며 손을 움찔거렸다.

"이놈의 자식이!"

"왜요, 또 때리시려고요? 지체 높으신 귀족이 자식 교육을 때려서 한다고 자랑이라도 하시려는 모양이죠?"

남작은 기네스의 눈치를 살피다가 슬그머니 뒷짐을 지고서 유벤에게 소리쳤다.

"당장 나가라!"

유벤은 콧방귀를 뀌었다.

"흥, 나가긴 왜 나가요? 어차피 다시 불려 올 텐데."

"무슨 소리를 하는 것이야! 쓸데없는 소리 하지 말고 나가라니까. 강제로 끌려 나가고 싶은 것이냐."

유벤은 답답해 죽겠다는 표정으로 남작에게 말했다.

"진짜 답답하시네. 내가 나가 봐야, 결국 다시 불려 오게 되어 있다니까요."

남작은 더는 참지 못하고 유벤의 뒷덜미를 낚아채서 접객실 밖으로 끌고 나가려 했다.

유벤은 아등바등하면서 남작의 손아귀에서 벗어나려 했지

만 어린 몸으로 성인의 힘을 이겨 낼 수는 없는 일이었다.

“진짜 답답해 죽겠네. 여길 나가도 다시 들어와야 한다고요!”

남작이 힘을 줄이지 않자 유벤은 기네스에게 소리쳤다.

“이봐! 너! 언제 나설 거야. 어서 말을 하란 말이야. 일을 귀찮게 만들지 말고.”

기네스는 신기한 눈빛으로 유벤을 바라보았다.

“뜸 들이지 말고 말하라니까!”

유벤의 고함에 결국 기네스가 끼어들었다.

“잠시만요. 도련님의 말씀대로입니다. 제가 찾아온 것은 페세크 가문의 둘째 아드님을 뵙기 위함입니다.”

유벤을 접객실 입구까지 끌고 나갔던 남작이 믿을 수 없다는 눈빛으로 기네스를 바라보았다.

“이 아이를 보러 오신 것이란 말입니까?”

“그렇습니다.”

“도대체 데로트 가문에서 어찌 이 아이를?”

“그에 관해서 설명해 드리도록 하겠습니다.”

유벤은 남작에게 잡힌 뒷덜미를 풀고 옷을 정비한 뒤에 접객실에 있는 의자에 앉았다.

“여기 앉아서 이야기하자. 설명이 길어질 것 같으니까.”

기네스는 남작과 유벤을 번갈아 바라보았다.

남작은 얼이 빠져 있었고 유벤은 눈을 반짝였다.

기네스는 남작이 정신을 차릴 때까지 기다릴까 했지만…….

"내가 말했지, 우리 아버지는 똑똑한 사람이 아니라고. 아버지 같은 사람을 데리고 두루뭉술한 이야기를 하려면 꽤 고생할걸. 그러니까 그냥 나한테 이야기해. 나 때문에 여기까지 온 거잖아."

기네스는 유벤이 가리킨 의자에 앉았다.

"좋습니다. 도련님과 이야기를 하는 것이 빠를 것 같군요."

"이제야 말이 통하네. 그래도 넌 들고 있는 머리를 어느 정도 쓸 줄 아는 놈이구나. 그게 아니라 눈치가 빠른 건가? 어쨌든 좋아. 일단 이름부터 알자. 넌 이름이 뭐야?"

기네스는 겉으로는 평정심을 유지하고 있었으나 속으로는 혼란스럽기 그지없었다.

'폐하의 말씀대로 진짜 싹수없는 놈인걸.'

아버지인 남작을 향해 막말이나 다름없는 소릴 스스럼없이 내뱉는 것을 지켜보지 않았던가.

'막막하다.'

기네스는 유벤을 코렌스까지 데려갈 생각에 눈앞이 캄캄해짐을 느꼈다.

다음 권으로 이어집니다

ROK MEDIA
로크미디어

폐황제가 되었다

송제연 판타지 장편소설

팔자 편한 빙의물은 가라!
고생길 예약된 독자 출신 폐황제가 보여 주는
본격 스포 주의 생존기!

인기 없는 판타지 소설 '포킹덤'의 유일한 독자 민용
갑작스러운 완결 소식에 놀랄 새도 없이
다음 날, '포킹덤'의 폐황제 익스가 되어 눈을 뜨는데……

'그런데 이 녀석…… 사흘 뒤에 죽지 않나?'

외진 땅, 부족한 인재, 부실한 재정
뭐 하나 멀쩡한 게 없는데 목숨까지 왔다 갔다 한다?
믿을 구석은 대륙 곳곳에 숨어 있는 인재들뿐!

앞일을 내다보는 황제에게 불가능은 없다
모든 건 내 머릿속에 있을지니!